Coleção

Coleção **anamaria machado**

O canto da praça

Ilustrações

Alexandre Coelho

editora ática

O canto da praça
© Ana Maria Machado, 2001

Diretor editorial	Fernando Paixão
Editora	Carmen Lucia Campos
Editor assistente	Roberto Homem de Mello
Coordenadora de revisão	Ivany Picasso Batista

ARTE
Projeto gráfico	Victor Burton
Editora	Suzana Laub
Editor assistente	Antonio Paulos
Editoração eletrônica	Ana Paula Brandão
Edição eletrônica de imagens	Cesar Wolf

CIP-BRASIL. CATALOGAÇÃO NA FONTE
SINDICATO NACIONAL DOS EDITORES DE LIVROS, RJ.

M129c

Machado, Ana Maria, 1941-
   O canto da praça / Ana Maria Machado ; ilustrações
Alexandre Coelho. - 1. ed. - São Paulo : Ática, 2002.
   112p. : il. - (Coleção Ana Maria Machado)

   Apêndice
   Inclui bibliografia
   ISBN 978-85-08-08164-6

   1. Literatura juvenil. I. Coelho, Alexandre. II. Título. III.
Série.

08-2325.   CDD 028.5
                                           CDU 087.5

ISBN 978 85 08 08164-6 (aluno)
ISBN 978 85 08 08222-3 (professor)

2012
1ª edição
10ª impressão
Impressão e acabamento:

Todos os direitos reservados pela Editora Ática, 2002
Av. Otaviano Alves de Lima, 4400 – CEP 02909-900 – São Paulo, SP
Atendimento ao cliente: 4003-3061 – atendimento@atica.com.br
www.atica.com.br – www.atica.com.br/educacional

IMPORTANTE: Ao comprar um livro, você remunera e reconhece o trabalho do autor e o de muitos outros profissionais envolvidos na produção editorial e na comercialização das obras: editores, revisores, diagramadores, ilustradores, gráficos, divulgadores, distribuidores, livreiros, entre outros. Ajude-nos a combater a cópia ilegal! Ela gera desemprego, prejudica a difusão da cultura e encarece os livros que você compra.

Coleção

Há várias maneiras de defender uma ideia. Uma delas pode ser contando uma história. É o que acontece neste livro. Ao narrar as aventuras do mago-sábio-artista Simão e dos trios de jovens que ele encontra através dos tempos, *O canto da praça* levanta a bandeira da convivência pacífica de modos diferentes de pensar.

Essa mensagem atravessa todo o livro e pode ser enxergada até na diversidade de atrativos que ele contém. Quem gosta de ação terá uma mistura de muitos elementos: viagens no tempo, histórias de amor, transformações de personagens, solução de enigmas, cenas insólitas...

Aqueles que preferem apreciar o estilo e o trabalho com a linguagem se deliciarão a cada frase desta narrativa original.

E quem considera mais importante a opinião por trás de tudo o que foi escrito encontrará aqui um recado claro: não basta falar da paz e da tolerância. Bem mais que isso, defende Ana Maria Machado, é preciso tomar uma atitude decidida em favor desse ideal.

Escrito e lançado na década de 1980, o livro traz referências à Guerra Fria, ainda em pleno vigor naquele momento. De lá para cá, o noticiário mudou um pouco. Mas outras guerras, ardentes, teimosas e cotidianas, fazem com que estas páginas continuem atualíssimas e urgentes como nunca.

A
quem não perde
a esperança
mas prefere
o exemplo
da pomba ao
do avestruz

"Porque a praça é do povo
como o céu é do condor."
(Castro Alves — poeta brasileiro do século XIX)

"A Praça Castro Alves é do povo
como o céu é do avião."
(Caetano Veloso — poeta brasileiro do século XX)

"A Praça Caetano é do povo
como o céu é do exocet."
(poeta desconhecido do século XXI)

Sumário

1. *Tempo de antes* 15

2. *Tempo de depois* 51

3. *Tempo de agora* 83

    anamariamachado, *com todas as letras* 101
    Biografia 102
    Bastidores da criação 106

As palavras podem ser tudo.

Estas, por exemplo, são um espelho onde se olha o livro por dentro, a história da história.

Mas não foi com palavras que ele começou. Tudo o que agora está aqui em suas mãos, e pode ser lido, estava, primeiro, trancado e muito bem trancado numa caixa de concreto revestido de chumbo. Uma dessas caixas que as pessoas enterravam com coisas que queriam salvar dos efeitos destrutivos da radioatividade.
E, evidentemente, estava enterrado a vários metros de

profundidade. A expedição que resgatou esse material era formada por curiosos, de boa vontade, mas sem qualquer conhecimento arqueológico especializado. Por isso, não chegaram a anotar direito o local de sua descoberta, que permanecerá ignorado para sempre.

Outra coisa que também nunca foi devidamente esclarecida a respeito desse achado é a sua época. É claro que tudo foi cuidadosamente estudado. Quando a caixa chegou, os sábios foram chamados a examiná-la e resolveram levar tudo — caixa e conteúdo — para seus gabinetes de trabalho, para que pudessem analisar a descoberta com todos os recursos de que dispõem. Fizeram os testes de carbono, carvão, açúcar e diamante. Mas os resultados foram, no mínimo, desconcertantes. Acabaram chegando à conclusão de que havia objetos de épocas tão distintas que se tornava impossível precisar a ocasião exata em que tinham sido enterrados.

Na caixa havia recortes de jornal, velhos pergaminhos, máscaras de carnaval, um filme de Carlitos, uma flauta de madeira, uma caixa de lápis de cor, sapatilhas de balé, um lenço bordado, um violino, um sintetizador, um cavalo de carrossel, um cocar de índio, uma máquina fotográfica, uma caixinha de música, revistas em quadrinhos, uma pombinha de barro.

Na tentativa de compreender o significado de todos esses objetos, os sábios consumiram semanas em ininterruptas discussões e especulações. Como não chegaram a nenhuma conclusão, decidiram introduzir todo o conteúdo da caixa, além da própria embalagem, numa engenhoca fantástica que estão desenvolvendo, uma espécie de aparelho mágico, máquina mirabolante, instrumento maravilhoso, algo assim. Mesmo com o risco de destruir tudo na experiência.

Só que não se destruiu. Construiu. Quando a engenhoca foi ligada, nela se acenderam luzes belíssimas, dela saíram vapores de perfumes deliciosos, em volta dela se ouviram sons que só podem ser as tais harmonias celestiais de que tanto se fala. E, de repente, por uma abertura da máquina, como se ela fosse uma mulher parindo, saiu um livro.

Este livro.

1 Tempo de antes

Respeitável público! Venham todos ver um inesquecível espetáculo carregado de emoção e perigo, cheio de amor e susto, com os mais sensacionais artistas já vistos na face da Terra! Pois é, eu queria começar desse jeito. Mas fica todo mundo torcendo o nariz e dizendo que não é assim que as histórias se iniciam. Dizem que, quando é uma história antiga, geralmente se começa com *era uma vez*. Como esta história tem uma parte antiga, bem que pode começar assim. Então, lá vai:

Era uma vez, há muitos e muitos anos, uma aldeia que mal começava a virar cidade, para lá dos mares e de algumas montanhas. No centro dessa aldeia tinha uma praça, e todas as coisas importantes que aconteciam por lá acabavam sempre passando pela praça.

Afinal de contas, na praça ficava o palácio do grão-duque que governava o lugar.

Na praça ficava também a igreja, com seus bonecos mecânicos que de hora em hora saíam de uma portinhola no campanário e tocavam os sinos numa música linda, espantando os pombos em revoada por cima de todos os telhados da aldeia.

Num canto da praça ficava ainda um chafariz, no centro de uma fonte, onde de dia os homens traziam os cavalos para beber água e as mulheres vinham encher baldes e tinas para o trabalho de casa. E de noite, na calma do luar, os rapazes aproveitavam o silêncio para tocar alaúdes, violas e bandolins e fazer lindas serenatas para suas amadas.

Mas isso eram coisas dos dias e das noites comuns. Porque havia também os dias fora do comum.

Havia, por exemplo, uma vez por semana, os dias de mercado. Sempre na praça, claro.

Das terras em volta da aldeia os camponeses traziam ovos, queijos, frutas, verduras, carne, azeite, vinho, farinha, tanta coisa gostosa. Das casas apertadas nas ruas estreitas, os moradores traziam potes, cestos, tecidos, sacolas, sapatos, ferramentas, arreios, tanta coisa necessária. E toda a praça virava uma festa de encontros, movimento, trocas:

— Coalhada fresca, quem vai querer? — perguntava um por aqui.

— Ovos frescos e baratos! Apenas três moedas a dúzia! — apregoava outro, mais adiante.

Cada um mostrava sua mercadoria:

— Vejam meus belos cestos! Vendo, troco, faço qualquer negócio!

Não faltavam as recomendações:

— Ei, cuidado aí! Veja onde pisa... Assim vai quebrar minhas vasilhas...

— Tire essa mão suja da renda branca! É para olhar só com os olhos...

Por sua vez, os fregueses pechinchavam, pediam, regateavam, como sempre fizeram, em todas as praças e todos os mercados:

— Se eu levar três, tem desconto?

— Posso escolher?

— Na outra barraca estão mais bonitos...

— Semana que vem, eu pago, sem falta.

Além da venda, da compra, da troca, do comércio todo, dia de mercado era também dia de encontro dos amigos e conhecidos, dia de matar as saudades, de contar novidades, de se reunir para conversar fiado num canto da praça. Numa barraca, uma mulher contava:

— Preciso dessas rendas para a camisinha do batizado do neném da Lorena, que eu prometi fazer... É que eu vou ser madrinha, sabe?

— Nasce quando?

— Perto da festa de São João...

Mais adiante, um homem comentava:

— Pode ir reservando muito vinho para mim, para o mês que vem. Vai ser a festa de despedida do meu filho mais velho, que vai partir de viagem.

— Vai até a capital?

— Nada disso. Vai numa viagem muito longa mesmo, por outras terras, com os mercadores...

Poucas vezes a praça ficava tão animada quanto nos dias de mercado. Só mesmo nos dias de grande festa, com canto e dança ou com desfile de cavaleiros anunciados pelo arauto do grão-duque.

Ou então, melhor que tudo, quando vinham os saltimbancos. Coisa que podia acontecer em dia de mercado ou em dia de festa, que eles gostavam mesmo de bastante ajuntamento de gente. Eles ou nós, quer dizer. Porque é com os saltimbancos que eu entro nessa história, vindo de muito longe e de muito antes, indo para não sei onde nem sei quando.

Mas ainda não é hora de falar de mim.

Por enquanto, basta dizer que dia de saltimbancos ficava sendo um dia inesquecível para todos os moradores da aldeia que já estava virando cidade. Principalmente para as crianças, que sempre brincavam pela praça, davam comida aos pombos, corriam pelos campos, ajudavam nos serviços de casa ou da lavoura, ouviam o relógio da torre bater sua música...

E, mais que tudo, era um dia inesquecível para as três crianças que nos interessam mais, em todas as partes desta história, na antiga, na moderna, na futura.

A primeira criança era uma menina, Paloma.

Como sua aldeia, que mal começava a virar cidade, Paloma era menina que mal começava a virar mocinha, como se dizia antigamente. Ou que já estava ficando uma gatinha, como se diz hoje em dia. Ou que já piscava de estrelinha, como vai se dizer no tempo das viagens intergaláticas.

Mas não adianta começar a misturar partes da história antes da hora. Melhor, por enquanto, ficar só com Paloma menina-moça.

Paloma tinha dois grandes amigos, Arlindo e Pedro. Diferentes um do outro como o dia da noite.

O dia seria Arlindo, sem dúvida, se a noite fosse Pedro. Arlindo lindo, Arlindo alegre, Arlindo brincalhão, sempre pronto para subir em árvores, puxar uma dança animada, pregar peças em alguém, inventar alguma coisa divertida capaz de arrebatar a aldeia inteira.

Coisa bem diversa de Pedro, amigo fiel nas horas incertas, sempre disposto a ouvir e consolar quem estivesse triste, até mesmo derramando algumas lágrimas junto, mas incapaz de dar uma boa gargalhada. No máximo dava um sorriso algo melancólico, em meio a suspiros ao luar.

E era justamente nas noites de lua, quando Pedro vinha para o canto da praça e cantava suas cantigas líricas e cheias de sentimento, que o pessoal da aldeia mais se empolgava com ele. Parecia que a voz dele brotava do fundo do seu corpo pálido e se apoiava nas cordas dedilhadas do alaúde para contar as saudades que todos sentiam, as tristezas que em todos doíam, os medos que a todos afligiam e com a música em sonho se transformavam.

E assim era que, com Arlindo para brincar e Pedro para se consolar, Paloma-menina ia virando moça pelos dias e noites da praça. Cada vez mais amiga dos dois, com uma amizade que ia ganhando novos tons sem que ela mesma percebesse.

— Bom dia, Paloma querida. Que linda que você está hoje!

Era sorrindo que ela respondia:

— Bom dia, Arlindo! Acho que o dia está mesmo uma beleza, com esta primavera chegando, esta passarada toda cantando, tudo cheio de flores e borboletas...

— Venha comigo. O padeiro acaba de deixar um tabuleiro de doces esfriando na janela... Vamos pregar uma peça nele.

— Como?

Paloma perguntava, mas já ia indo, toda animada.

— Sei lá, vamos comer os doces e deixar umas pedras no lugar, vai ser engraçado...

Paloma ia. Achava graça. Mais tarde, o convite era outro:

— Boa noite, Paloma. Como você está bonita!

O canto da praça 21

— Obrigada, Pedro, mas não é vantagem. Com um luar destes, todo mundo fica bonito.

O convite não tardava:

— Venha comigo. O padeiro acaba de deixar um tabuleiro de madrugada, para fazer outra fornada de doces para o banquete do grão-duque. Vamos fazer uma surpresa para ele.

— Como?

Paloma perguntava, mas já ia indo, toda animada.

— Sei lá, uma serenata para os sonhos dele — respondia o eterno sonhador.

— Para os sonhos? Mas ele não vai trabalhar? Como é que vai sonhar?

— Vai trabalhar, sim. Vai fazer sonhos, que já tinha aprontado e viraram pedra por artes de algum encantamento. Então a gente canta para que ele se distraia enquanto trabalha. Quem sabe se, cantando, o encantamento não pega...

Arlindo ouvia pelo meio de gargalhadas, saía rindo e dando cambalhotas pelo meio da praça.

Paloma achava graça, prendia o riso e ia com Pedro. Daí a pouco, estava com um nó na garganta, emocionada, enquanto ouvia a música de Pedro, tão linda, clareando a escuridão ao lado do luar.

Os dias e as noites se passavam, viravam semanas, viravam meses, viravam anos.

E a situação continuava bem assim, como se fosse um espetáculo de muito sucesso num circo, que fica em cartaz muito tempo, viaja por muitas cidades e se repete por uma longa temporada. Mas que nunca consegue ser exatamente igual ao que se apresentou na véspera.

E nessas pequenas mudanças, ia se transformando o sentimento entre eles.

Até que, um dia, deu para perceber muito bem essas transformações.

Eu lembro bem. Muito bem, apesar de já ter perdido a conta dos verões e invernos que se passaram depois disso.

Fazia pouco tempo que eu tinha chegado à aldeia com o resto do pessoal. Tínhamos parado a carroça num campo, na beira do rio, e nem tínhamos ainda acampado direito. Enquanto Bertoldo treinava o número dele, jogando bolas e garrafas para o alto, Clara tirava os panos e fantasias do baú e pendurava para que tomassem ar, antes de ir acender o fogo.

Resolvi sair e dar uma volta, conhecer a aldeia e escolher um bom lugar para apresentar nosso espetáculo. Foi assim que eu fiquei conhecendo a bela Paloma e seus amigos Pedro e Arlindo.

Ia haver a festa da padroeira e essa era uma festança sempre maravilhosa. Um desses dias gloriosos para a praça e para toda a aldeia.

Dia com procissão de manhã, quermesse de tarde, espetáculo de saltimbancos de noite.

E, no fim de tudo, um grande baile nos jardins do palácio do grão-duque, com banda de música e até fogos de artifício — uma novidade recém-chegada do Oriente, que todo mundo comentava mas ninguém tinha visto ainda: cascatas de estrelas, espuma de luzes, chuva de flores de fogo no céu. Um deslumbramento que nem dava para imaginar.

Todos se preparavam para a festa com antecedência: teciam e bordavam roupas novas, as moças faziam guirlandas de flores para enfeitar a cabeça, os músicos ensaiavam novas canções, os cozinheiros deixavam desde a véspera os assados de molho em temperos requintadíssimos, os tropeiros davam brilho nos arreios dos cavalos, as donas de casa limpavam as vidraças e penduravam colchas e tapetes nas janelas e varandas em volta da praça.

Havia também uma tradição: se algum rapaz estivesse apaixonado por uma moça, aproveitava o pretexto para pedir que ela fosse à festa com ele. Se ela aceitasse, era um começo de namoro que, daí a algum tempo, estaria fazendo os sinos da igreja tocarem uma canção especial de casamento, numa grande revoada de pombos.

Quando eu cheguei ao canto da praça, perto do chafariz, comecei a estudar aquele espaço, achando que era a localização ideal para armarmos o tablado que ia servir de palco.

Tinha bastante lugar para o povo se amontoar em frente e assistir às mágicas, à apresentação do jogral, aos números de equilibrismo, ao teatro de bonecos, à mímica.

Tinha também um bom espaço por trás, que dava para umas arcadas no canto da praça, muito conveniente para isolarmos com uns tabiques de madeira ou uns tecidos pendurados e deixarmos uma área reservada, sempre necessária, para mudar de roupa ou guardar elementos do cenário.

A praça era simpática, as casas em volta tinham dois ou três andares, com janelas e sacadas, ia dar para reunir muita gente assistindo ao espetáculo.

Valia a pena tentar sondar a população e descobrir que tipo de número ia fazer mais sucesso. Algumas plateias preferem dança, outras gostam mais de peças cômicas, outras só se emocionam com canções tristes. E em todas elas, é bom a gente poder fazer alguma referência aos problemas que o pessoal está vivendo no momento.

Por isso, eu sempre gosto de conversar antes, saber se as pessoas estão reclamando de impostos muito altos, de falta d'água, de um delegado muito mandão, de um fiscal corrupto, de transportes ruins, essas coisas.

Desse modo, quando vi aquela menina quase moça no meio da praça, fui falar com ela.

— Bom dia, moça. Qual é o seu nome?

— Paloma, senhor. E o seu? — a voz dela era tão suave que parecia música.

— Eu me chamo Simão Simonelli.

— O famoso saltimbanco?

Fiquei todo satisfeito de ver como meu nome era conhecido, mesmo em lugares onde eu nunca tinha estado antes.

— Eu mesmo! — confirmei.

— Que bom! Vou contar ao pessoal. A festa é amanhã e nós estávamos com medo de que o senhor não chegasse a tempo. Festa sem teatro e música não é festa.

Toda animada continuou:

— O ano passado tivemos um menestrel maravilhoso, que cantava canções de amor e histórias de batalhas; até hoje ainda sabemos de cor o que ele cantou. Tivemos também uns palhaços equilibristas que deixaram a aldeia de queixo caído. Mas este ano, quando o arauto anunciou que o grão-duque tinha convidado a companhia Simonelli, ficamos no maior assanhamento. Vou chamar os outros.

E rapidamente gritou:

— Arlindo! Pedro! Venham cá!

Assim que ela chamou, apareceram dois garotões, correndo de algum lugar ali perto que eu mesmo não cheguei a ver.

O de ar meio sonhador e jeito de artista era o Pedro. O outro, com uma cara muito sem-vergonha e simpática, era o Arlindo.

Evidentemente, estavam os dois apaixonados pela moça e só ela não via. Indiferente aos olhares amorosos da dupla, foi fazendo o anúncio do meu espetáculo.

— Este aqui é o famoso Simão Simonelli, que acaba de chegar com sua companhia de saltimbancos para a festa de amanhã. Lembram que o arauto disse que eles eram conhecidos até nas grandes cidades de onde partem os navios? Imaginem só, agora ele está aqui, conosco, conversando na nossa praça...

— Vocês têm músicos? — quis saber Pedro.

— E palhaços? — perguntou Arlindo.

— Temos de tudo — respondi. — Temos atores capazes de se transformar em todos os personagens, mágicos que podem fazer coisas inacreditáveis. E todos somos também músicos, rapaz. Além do mais, Bertoldo é um jogral notável.

Fiz uma pausa bem teatral, e acrescentei com ar vago, assim como quem não quer nada:

— E eu ainda sou titereteiro.

Nunca falhava. Veio logo a pergunta, numa só voz, como se tivessem ensaiado:

— Titereteiro? Que é isso?

Os três me olharam espantados.

— Titereteiro é quem mexe com títeres — expliquei, sem explicar.

— E que são títeres? — perguntou Paloma.

Era sempre assim.

Eu gostava de me apresentar com essa palavra diferente, porque o público sempre ficava curioso e louco para ver o espetáculo.

— Títeres são bonecos. Faço teatro de bonecos, com marionetes. Sou bonequeiro.

— Como pode ser isso? Teatro de bonecos? Nunca vi.

Os três estavam curiosíssimos. Isso era ótimo para o meu espetáculo. Na certa iam sair contando para todo mundo e, no dia seguinte, a praça ia ficar cheia de gente para assistir ao teatro de bonecos.

— É difícil de explicar para quem nunca viu. O melhor é vocês virem ver amanhã. Vamos dar o espetáculo aqui mesmo na praça, logo antes do baile do grão-duque.

Bastou eu falar no baile para perceber que havia alguma coisa diferente no ar.

Paloma olhou disfarçadamente para o alto do campanário, de onde as pombas voavam. Pedro deu um suspiro. Arlindo sorriu um sorriso meio maroto. Ficou no ambiente um silêncio quase sólido, difícil de atravessar. O jeito foi eu mesmo dizer alguma coisa:

— Vocês não vão ao baile?

— Claro que vamos! — confirmou Paloma rapidamente. Foi então que perguntei:

— Com quem é que você vai?

Os dois responderam ao mesmo tempo:

— Comigo, é claro!

— Ninguém ainda tinha me convidado... — comentou a moça.

— Mas nem precisava de convite — interrompeu Arlindo. — É claro que você vai comigo, que dúvida...

— Eu vinha convidar você agora mesmo... — comentou Pedro.

Pronto! Já vi tudo. A situação estava armada. Paloma tinha que resolver. Para provocar, ainda pus mais lenha na fogueira:

— Se nenhum dos dois tinha convidado antes, eu sou testemunha de que os dois convites foram feitos ao mesmo tempo. Como é que você vai decidir, Paloma? Não pode ser na base de quem chegou primeiro. Os dois falaram juntos.

Ela perguntou:

— Que acontece se eu não puder ir com você, Arlindo?

Ele respondeu sem hesitar:

— Azar o seu. Não falta quem queira. Convido outra moça e você perde a companhia mais divertida do baile. Vai se arrepender o resto da vida...

Ela repetiu a pergunta, virando-se para Pedro:

— E se eu não for com você?

O rosto de Pedro, que já era naturalmente pálido, ficou lívido de susto e ele teve que respirar fundo antes de responder:

— Então, eu não vou. Não faço mesmo muita questão de bailes e ajuntamentos, você sabe disso. Queria muito ir com você, por causa de sua companhia, para estar ao seu lado. Sem você, não tem a menor graça.

Dava para ver no rostinho da moça o coração dela se debatendo. De um lado, o medo de perder Arlindo. De outro, a tristeza de magoar Pedro.

A saída dela foi ganhar tempo:

— Bom, mas não preciso responder agora, não é? Posso dar uma decisão amanhã?

— Até a hora da festa, estou à sua espera — garantiu Arlindo.

— Eu também. Conte comigo enquanto houver uma esperança — confirmou Pedro.

Paloma olhou os dois com carinho, deu um sorriso encantador e se despediu, virando as costas e saindo da praça.

Arlindo piscou o olho e deu uma risada:

— Vou indo, fazer um pouco de exercício para estar em forma amanhã. Vai ser um dia puxado e ainda vou ter que dançar a noite toda. Até logo!

— Até amanhã!

Pedro deu um suspiro fundo, despediu-se com um aceno e caminhou até o bandolim que tinha deixado encostado numa coluna da igreja. Sentou-se com o instrumento num canto sombreado e começou a tocar uma canção triste na tarde que caía.

A situação entre os três ia continuar indefinida mais um pouco. Mas eu acabava de tomar uma decisão. Agora, sabia perfeitamente qual era a peça que íamos encenar no dia seguinte.

Por isso, fui chegando de volta ao nosso acampamento na beira do rio e avisando:

— Amanhã vamos usar essas máscaras...

Todos nós gostávamos muito dessa parte do teatro, o final do espetáculo, quando cada um de nós punha a máscara de um personagem e ia improvisando tudo o que ele faria numa situação que combinávamos.

Não era como as peças que inventaram muito depois (e já tinham inventado muito tempo antes, mas nessa época ninguém sabia nem lembrava), em que primeiro alguém escrevia e depois os atores decoravam direitinho tudo o que iam dizer e fazer no palco. Nada disso. Nesse tempo, a gente ia inventando enquanto fazia o espetáculo e era muito mais divertido. Tinha dança, tinha canto, tinha mímica. E a máscara de cada um já ajudava a mostrar como é que o personagem ia ser.

Eu estava resolvendo. Ia fazer um papel que talvez fosse meu papel preferido nesse tempo.

O canto da praça | 29

Já estava aperfeiçoando há anos esse personagem. Primeiro, ele tinha uma roupa esfarrapada, de pobre todo rasgado, com pedaços de panos diferentes. Mas ele era muito esperto e sempre se dava bem, trocando de emprego e de patrão, passando a perna nos outros. E os trapos remendados da roupa dele iam sendo aos poucos trocados por pedaços de pano mais novos e coloridos. Agora, a roupa dele já parecia um mosaico, um vitral transparente daqueles que faziam o encantamento de todo o povo nas janelas das catedrais da época.

Por isso, quando fui separando a máscara que ia usar no dia seguinte, logo juntei a ela o chapéu de três bicos, preso em cada lado por pompons de lã preta.

Assim que viu isso, minha companheira Clara trouxe a roupa de remendos coloridos e disse:

— Acho que tem dois losangos meio soltos. Vou consertar para você.

— Isso, verifique tudo direitinho, por favor. E veja se as outras roupas estão em condições de uso, se as suas saias estão bem alvinhas, se o camisão branco está bem limpo, se a gola dele está bem farta...

Tudo estava bem. As máscaras, os chapéus, os sapatos, os figurinos, os instrumentos. Era só esperar a hora.

Todo satisfeito, fui preparar os bonecos para a primeira parte do espetáculo. Como a peça final ia ser uma história de amor, achei que seria bom apresentar antes, com meus títeres, uma história cheia de aventuras.

Resolvi usar uns bonecos sicilianos relativamente novos, que eu tinha comprado há poucos meses, de um carroceiro que vinha do sul da Itália. Mas fiz neles algumas modificações, para contar uma história que vivia na minha lembrança e que eu tinha ouvido há muito tempo, num burgo maior, e por ali ninguém conhecia. Fiquei ensaiando.

Enquanto trabalhava, eu só pensava no meu espetáculo. Mas se tivesse podido ver o que acontecia na aldeia, teria visto que aquela noite havia outras pessoas acordadas, sem conseguir dormir.

Arlindo, por exemplo.

Na frente do espelho, fazia poses e gestos, experimentava roupas, de certa maneira também ensaiando para a festa do dia seguinte, onde pretendia chegar bem lindo, chamando a atenção de todos, enchendo de inveja os outros rapazes, colhendo sorrisos e suspiros de todas as moças.

Pedro também estava acordado.

Da janela do seu quarto contemplava a lua. Depois, desceu até o jardim, apanhou uma camélia, cheirou bem fundo seu perfume, guardou-a junto ao peito. De volta a seu quarto, foi tirando as pétalas da flor, uma por uma, e tentando a sorte:

— Mal-me-quer, bem-me-quer, mal-me-quer, bem-me-quer...

No final, deu bem-me-quer.

— Que bom! Ela me ama! Viva!

Mas será que deu mesmo? No cantinho do miolo, bem amassado, havia um pontinho branco:

— Será que é outra pétala, toda enrolada? Então, é mal-me--quer... Como é que eu posso ter certeza? Vou apanhar outra flor e ver de novo. Ah não! Se der mal-me-quer, morro de tristeza. Não posso arriscar. Vou experimentar outra coisa, para ver se tenho mais sorte.

Pensou um pouco e inventou uma espécie de jogo para testar o destino:

— Ah, já sei. Canto uma canção para a lua. Se até o final nenhuma nuvem tiver passado na frente do luar, é porque ela me ama. Se passar, é porque ela não quer saber de mim.

Começou a tocar. Lá pelo meio da canção, percebeu que vinha uma nuvem lentamente deslizando no céu. Ficou desesperado, acelerou o ritmo, cantou tão rápido, tão animado, que acabou dando tempo de terminar antes do luar se esconder.

Ufa! Os vizinhos ouviram a música tão ligeira e alegre e comentaram:

— Que bom! Até que enfim o Pedro resolveu tocar umas cantigas boas para se dançar. Que bom que ele está feliz...

Não sabiam de nada. Ele estava era aliviado por ter conseguido chegar ao fim da música sem o corte do luar. Só ficou feliz mesmo foi daí a pouco, quando deitou, dormiu e sonhou que sua amada Paloma sorria para ele com ternura.

E ela, enquanto isso? Como estava?

Ah, eu não podia ver, mas posso garantir que era a mais acordada da aldeia.

Ficou a noite toda sem conseguir fechar os olhos, pensando, pensando. Não dava mais para continuar aquela situação com os dois. Depois de tantos anos, ia ter que escolher um companheiro. Mas qual?

Sem dúvida, Arlindo era muito mais divertido. Uma vida ao lado dele seria alegre, colorida, animada de surpresas.

Pois é, aí é que estava o problema... Surpresas boas e más, ela tinha certeza. Cada vez que ela ficasse triste com alguma coisa, ia se ver sozinha, podia garantir, Arlindo jamais seria capaz de interromper uma brincadeira para ficar ao lado de quem precisasse. E cada vez que ouvisse um novo ritmo, ele ia sair dançando atrás da banda. Cada vez que sentisse um novo perfume,

anamariamachado

ia sair correndo até se afogar no cheiro. Cada vez que uma moça bonita lhe sorrisse, o coração de Paloma ia bater forte e apressado, de medo de que ele nunca mais voltasse.

E Pedro?

Ah, com Pedro, ela não corria esses riscos, podia apostar. Em todos os momentos, bons e maus, podia contar com a lealdade dele, com a presença amiga ao seu lado, ele nunca ia querer sair de junto dela, nem ouvir o canto de outras vozes que não fosse a dela, nem se encantar com outras graças. Com Pedro, ela sempre podia saber o que ia acontecer, nada desses imprevistos.

Pois é, aí é que estava também o problema. A simples ideia de passar uma vida inteira sabendo sempre o que ia acontecer fazia Paloma bocejar de sono. Sempre a mesma coisa, um dia depois do outro, mesmo que essa coisa seja boa, será que não acaba enjoando? Ou não?

Ela não conseguia ter certeza. Ficava imaginando: como seria, por exemplo, comer torta de morango de sobremesa em todas as refeições? Era uma coisa que ela adorava, mas será que dava para continuar gostando se tivesse que comer morango todo dia? Difícil garantir...

E tinha mais: ela gostava de dançar, de correr, de brincar com pessoas diferentes, de sair de casa, de ir a lugares novos. Pedro, não. Será que ele depois não ia querer que ela também ficasse quieta num canto só, ao lado dele?

Isso ela não ia aguentar, tinha certeza. O mundo era muito grande, a vida era muito curta para deixar passar o tempo sem aproveitar. E mesmo que ele deixasse ela sair, ir a festas, se divertir, será que não ia fazer cara triste enquanto esperava? Será que ela não ia ficar com pena e acabar preferindo não ir?

O canto da praça | **33**

Ah, quando pensava essas coisas, o coração de Paloma batia forte e apressado, de medo de nunca mais se soltar. E aí pensava em Arlindo de novo. E em Pedro outra vez.

E as nuvens iam passando na frente do luar, e o relógio ia batendo as horas novas, e a lua ia ficando cada vez mais baixa na noite, perto da linha do horizonte. Depois, do outro lado do céu, foi começando aos poucos a surgir o clarão do sol, forçando a barra do dia. A manhã chegou.

Manhã de procissão, estão lembrando? Porque era o dia da padroeira, e ia ter quermesse de tarde e saltimbancos de noite, antes do baile e das estrelas de fogo.

Em algum momento desse dia, Paloma ia ter que se decidir.

Mas não se decidiu.

Pelo menos durante o dia.

Saiu na procissão, vestida de anjo, com guirlanda de flores na cabeça, linda, linda. Logo atrás, Pedro e Arlindo, um de cada lado, ajudavam a carregar o andor da santa. Não era hora de conversas, mas bem que ela e eles trocavam olhares, suspiros, sorrisos. Para um lado e para o outro. Igualmente. Sem decisão nenhuma.

Depois, à tarde, durante a quermesse, foi a mesma coisa.

Os três passaram juntos por todas as barracas, tirando a sorte, comendo delícias, participando dos jogos, se divertindo muito. Nem parecia que tinham uma coisa tão importante para resolver.

Mas quem prestasse bastante atenção — e eu prestei, porque estava muito curioso de saber para onde ia se dirigir o coração da moça — acabaria notando que Paloma tinha um ar distraído demais, desse jeito que a gente logo desconfia que é um distraído de propósito, para fingir, mais do que uma distração de verdade.

E Pedro e Arlindo, de vez em quando, olhavam um para o outro com um jeito de quem já estava se preparando para deixar de ser amigo... Como se, a qualquer momento, pudesse sair uma faísca entre eles. Mas não saiu.

Foi assim que os três se puseram na primeira fila da plateia, quando caiu a noite, sentadinhos no chão da praça, esperando o nosso espetáculo começar. E foi assim que eu os encontrei quando entrei em cena dizendo:

— Respeitável público!

Aí depois que eu dizia isso, fazia uma pausa e esperava um toque de trombeta de meus companheiros.

Depois de tal trombetada, continuei anunciando tudo o que íamos mostrar para a plateia:

— A Saltimbancada Simonelli tem a honra de apresentar esta noite um programa especial para o povo desta aldeia, em homenagem à grande festa da padroeira! Um espetáculo com três maravilhosas atrações!

As trombetas soaram novamente.

Aí entraram dois atores carregando um estandarte onde estava escrito:

PRIMEIRA PARTE — TEATRO DE BONECOS

Ao mesmo tempo, gritavam bem forte, para o caso de haver na plateia gente que não soubesse ler:

— Primeira Parte! Teatro de Bonecos!

E eu continuava:

— Para iniciar o espetáculo desta noite, eu mesmo vou lhes apresentar um inesquecível número de Simonelli, o maior titereteiro que eu já vi... Com licença do respeitável público, vou me retirar. Com vocês, OS CAVALEIROS DO REI ARTUR...

Fui para trás do pano que servia de palco para os bonecos e comecei a trabalhar.

Eu adorava bonecos, sempre adorei, até hoje. Quando a gente começa a mexer naqueles fios onde os pedaços de madeira e pano estão pendurados e eles vão ganhando vida, é como se a gente quase virasse um pouco um deus, criando alma e movimento nas coisas que não se mexem sozinhas.

Nesse dia, caprichei ainda mais do que sempre fazia.

É que, além da história, e do meu interesse no caso de Paloma, Pedro e Arlindo, estava fazendo uma tentativa muito importante: ia mudar a nacionalidade dos meus títeres. Hoje eles deixariam de ser os cavaleiros italianos de sempre, vivendo as famosas aventuras de Orlando apaixonado, ou Orlando louco da vida, para se transformarem em cavaleiros da corte do Rei Artur, lá na Inglaterra, nos nebulosos tempos de Merlim.

Continuavam com as mesmas armaduras brilhantes, as mesmas espadas reluzentes, os mesmos penachos de plumas nos elmos, os mesmos bigodões nas caras barbudas. Mas tinham novas bandeiras e estandartes, novos brasões nos escudos, cheios de leões e unicórnios. E em vez de pedirem a ajuda de Nossa Senhora, rezando a *La Madonna* antes de entrar em combate, iam gritar "por São Jorge!" na hora de se lançar à luta com a fúria de quem vai derrotar dragões.

Por uma fresta entre o pano e a madeira do palco, eu ia vendo a cara dos espectadores enquanto o espetáculo se desenrolava.

Via como eles vibravam com as lutas, os torneios, as aventuras nas florestas, à beira dos penhascos ou pelo meio da neblina.

Mas via também uma coisa que me interessava ver: como três carinhas da plateia acompanhavam sobressaltadas as hesitações do coração da Rainha Guinevera entre a coragem tranquila e

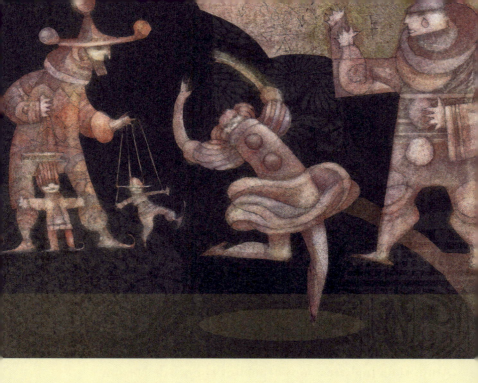

forte do Rei Artur e a paixão valente e sonhadora de Sir Lancelot do Lago.

Três jovens quase crianças, diante de três bonecos de madeira manipulados por mim, aceleravam as batidas de seus corações ou prendiam o fôlego de seus pulmões diante de uma história antiga e eterna... Ah, era por causa de momentos assim que eu nunca ia deixar de fazer artes, no teatro ou fora dele.

Terminado o teatro de bonecos, logo começava a segunda parte de nosso espetáculo, uma parte que nos agradava muito.

Era a parte do *cada um por si*. Quer dizer, os números de variedades.

Clara se vestia de bailarina cigana e dançava ao som da rabeca e do pandeiro.

Bertoldo lançava laranjas para o alto com uma das mãos e ia rapidamente recolhendo com a outra, devolvendo para a pri-

O canto da praça | **37**

meira, cada vez mais laranjas, cada vez mais depressa, mais uma, e mais acelerado, e mais e mais... Que jogral maravilhoso ele era!

Depois, eu bancava o mágico e fazia meus truques:

— Vejam bem! Nada nesta mão! Nada nesta! Ponho este lenço por cima, dou um sopro mágico e pronto! Vejam agora, senhores.

Era só puxar o lenço e lá estava uma pombinha meio assustada, olhando em volta e arrulhando. Fazia o maior sucesso.

Assim, de truque em truque, de equilibrismo em equilibrismo, chegava à terceira parte do espetáculo, a mais importante, mais séria, a do teatro, o tal teatro inventado na hora de que já falei.

Vesti minha roupa de losangos coloridos, calcei uns sapatos de ponta revirada para cima e pus um chapéu de três bicos, elegantíssimo, por cima da máscara de Arlequim — pronto!

Ao lado, metido em uma roupa largona muito alva, enfeitada de pompons pretos, com uma enorme gola franzida e leve e um gorro na cabeça, meu amigo Bertoldo desenhava uma lágrima imensa debaixo do olho esquerdo, bem no meio da face toda pintada de branco.

Mexi com ele:

— Para que é que você vai se maquilar, se vamos representar de máscara?

Mas eu já sabia a resposta:

— Eu não aguento mais ficar de máscara o tempo todo. Acabo sempre me animando e quero pôr a cara de fora. Não faço tanta questão de palavras, você já sabe disso. Mas não consigo expressar tudo o que eu sinto sem mostrar com o corpo e com o rosto...

Era assim mesmo.

Cada vez Bertoldo falava menos em cena. Mas cada vez fazia mais caretas e mais gestos, e eu até achava que ele estava era inventando um novo tipo de teatro, em que o corpo imitava tudo, as mãos sugeriam o que não existia, as expressões do rosto contavam o que ninguém tinha escrito.

Por isso, quem visse uma vez o Pierrô que ele fazia, não esquecia nunca mais. Esse Pierrô ia ser eterno...

Logo chegou Clara, linda, leve, pluma ao vento, solta, pronta para ir de um lado para o outro, bailarina e saltitante, de saia rodada e armada. Quando entrava em cena, fazia um ar tão inocente e assustadinho como o da pombinha do mágico quando descobre a multidão. Vai ver que era por isso que chamavam seu personagem de Colombina. Afinal de contas, *colomba* quer dizer pomba em italiano.

Enfim, estávamos prontos! Era só começar.

Começamos. Aí não dá mais para contar direito. As coisas que acontecem num palco enquanto a gente está lá em cima representando são coisas que têm que ser vistas, não podem ser contadas, porque vão muito além das palavras. Ainda mais com um personagem quase mudo, feito o nosso Pierrô.

Mas, enfim, a história era simples, escolhida de propósito para os nossos três amigos da plateia: Pierrô amava Colombina, que amava Arlequim, que não amava ninguém a não ser a si próprio, mas que dizia que amava Colombina, e talvez amasse mesmo, só que da maneira lá dele, mas não é assim mesmo que todo mundo ama? Da maneira lá de cada um?

Ah, viram só? Fui dizer que a história era simples e logo me compliquei. É que quando a história é de amor, nunca é simples.

Mas, enfim, íamos contando nossa história em cena, Pierrô suspirava por amor a Colombina, Arlequim se ajoelhava aos pés dela e fazia declarações e juras eternas, ela não resolvia nada, Pierrô pegava seu bandolim e fazia serenatas ao luar. Arlequim entrava no palco dando gargalhadas e virando cambalhotas, desenrolando fitas das sete cores do arco-íris, Colombina sorria, Colombina revirava os olhos, Colombina escondia o rosto nas mãos com seu ar de pombinha inocente e assustada...

Estávamos os três animadíssimos, Bertoldo, Clara e eu. Cada vez inventávamos novas situações e continuávamos aquele bailado de indecisão. Nem víamos o tempo passar. O público estava embevecido.

De repente, fomos interrompidos pelo som de uma trombeta. Achei que era uma brincadeira de mau gosto, já ia começar a brigar, quando o arauto do grão-duque anunciou:

— Sua Alteza manda avisar que a festa já está muito atrasada, o povo está demorando muito e a orquestra não vai esperar mais. Daqui a dez minutos começam os fogos de artifício nos jardins do palácio e, em seguida, a Valsa dos Namorados abrirá o baile. Para evitar atrasos, os portões serão fechados após o início da música.

Foi a primeira vez que um espetáculo meu acabou sem acabar, no meio de um tumulto enorme.

Todo mundo saiu correndo para pegar os portões abertos, para escolher um bom lugar, para ver as estrelas de fogo, sei lá para que mais. Só sei que não deu tempo de terminarmos a peça, tamanha foi a debandada.

Ninguém mais se interessou pelos destinos de Arlequim, Pierrô e Colombina.

Ninguém? Minto. Além dos saltimbancos, três pessoas ficaram no canto da praça. Paloma, Arlindo e Pedro, é claro.

Um dos dois — Arlindo, provavelmente — perguntou:

— Como é? Resolveu com quem você vai ao baile?

A pergunta foi em voz alta, e mesmo estando escuro, dava para perceber a tensão.

Mas a resposta veio tão baixinho que não deu para escutar. Em seguida, Paloma veio até perto de mim e pediu:

— Será que você podia nos emprestar as fantasias para nós irmos ao baile?

No primeiro momento, não entendi bem.

Eu sabia que a festa era um baile de máscaras, mas por que iam usar logo as nossas? Num instante percebi, porém, que, mais uma vez, ela tinha resolvido não resolver.

Como se fossem os personagens da peça, os três podiam ir juntos, sem obrigação de formar um casal. Todo mundo sabe mesmo que Colombina, Pierrô e Arlequim fazem um triângulo.

Emprestei as fantasias.

Mas logo percebi que havia alguma coisa mágica naquilo.

Eu sou muito mais alto e mais gordo do que Arlindo, mas a roupa de Arlequim ficou perfeita nele, como se fosse sob medida, dos pés, à cabeça — quer dizer, do chapéu aos sapatos.

Paloma ficou uma Colombina ainda mais pombinha do que Clara, tive até medo de que, de repente, ela batesse asas e saísse voando. Afinal de contas, *paloma* em espanhol é pomba mesmo.

E Pedro, quando acabou de vestir a roupa de Pierrô, já estava com o rosto bem branco e uma lágrima, nem precisava mesmo de máscara, nem de pintura.

Assim que ficaram prontos, agradeceram e saíram correndo, para não perder a hora.

Como nós tínhamos ainda que desarmar o palco e guardar os bonecos, os figurinos, as trombetas e todas as outras coisas, acabamos encontrando os portões do jardim do grão-duque já bem fechados. Vimos os fogos por cima do muro, mas não deu para irmos ao baile.

Acabamos indo dormir cedo, sem saber o que estava acontecendo por lá.

No dia seguinte, logo que acordei vi as roupas de Pierrô, Arlequim e Colombina penduradas nos degraus da carroça.

— Na certa eles devolveram ontem, quando voltaram da festa, com medo de que a gente saísse cedo — disse para Clara.

Ela respondeu:

— Deve ser... Vou guardar logo...

Mas em seguida perguntou com ar estranho:

— Esta noite choveu?

— Não — respondi. — Está muito seco. Nem orvalho teve. Por quê?

— As roupas estão um pouco molhadas, respingadas...

Achei logo uma explicação:

— Deve ser de suor. Na certa o baile estava animadíssimo e eles devem ter dançado muito...

Mas a resposta dela foi de quem estava estranhando ainda mais:

— Já viu alguém suar só na ponta da gola, feito este Pierrô? Ou encharcar de suor a rosa do corpete, como esta Colombina? Ou a ponta da capa, que nem o Arlequim?

E antes que eu conseguisse dizer alguma coisa, Clara foi firme em descobrir:

— Pelo brilho desse molhado, pelo perfume, pelo som de cristal que deixou na roupa, tenho certeza: isto é respingo de lágrima!

Quando cheguei mais perto para examinar melhor, reparei outra coisa:

— Acho que Paloma se machucou, talvez tenha se espetado com o espinho da rosa. Veja só: tem uma gota de sangue no peito da roupa dela.

— A rosa era de pano, não tinha espinho — cortou Clara.

— E as roupas dos dois também têm uma gota de sangue no peito...

O mistério me assustou:

— Meu Deus! Que será que aconteceu ontem?

Fiquei preocupado.

Mas não cheguei a saber o que tinha ocorrido, em detalhes.

Tínhamos que sair da aldeia logo, porque no dia seguinte devíamos nos apresentar numa festa de casamento de um príncipe encantado com uma princesa desencantada e a viagem até o castelo era meio longa.

O canto da praça | **43**

Mas um vendedor de cavalos com quem cruzamos numa hospedaria alguns meses mais tarde nos contou o que aconteceu depois que saímos da aldeia, o que nem podíamos imaginar:

— Desculpe, senhor, mas vocês não são os saltimbancos que estiveram na aldeia no dia da festa da padroeira? Puxa, que confusão vocês deixaram por lá, heim?

E começou a contar uma história enorme, explicando que nós não devíamos nunca mais voltar à aldeia, porque as pessoas estavam achando que nós éramos os responsáveis pelas coisas horríveis que estavam acontecendo por lá. Estavam pondo a culpa em nós, porque diziam que nosso espetáculo é que tinha influenciado tudo.

Besteira pura, é claro. Vocês mesmos viram, foi um espetáculo inocente, sem nada de mais. Mas tem gente assim, de ideias entortadas, que não percebe que o teatro, as histórias, as músicas não inventam nada além do que já existe escondido, só revelam o que as pessoas já têm dentro delas sem saber... Gente que não entende que um espetáculo como o nosso não pode ter culpa de nada, quando só ajudou a clarear uma situação.

— Vocês lembram que mostraram uns bonecos cavaleiros lutando em torneios, coisas assim? Pois é... O pessoal lá agora anda todo dividido, combatendo em torneios, brigando sem parar, uns querendo matar os outros, uma coisa horrorosa...

Conversa vai, conversa vem, acabei descobrindo que, depois do baile, como Paloma-Colombina não resolvia a quem daria seu coração, Arlindo-Arlequim e Pedro-Pierrô resolveram lutar num duelo, não sei se foi naquela mesma noite ou no dia seguinte.

Sei é que a situação de empate continuou mesmo assim e eles resolveram então fazer um torneio, para se enfrentar a cavalo, com lanças e armaduras, como nas histórias do Rei Artur e seu Cavaleiro.

Alguém lembrou que um cavaleiro devia escolher um nome especial, como O Cavaleiro do Lago, ou O Cavaleiro da Rosa, algo assim. Os dois queriam ser O Cavaleiro da Rosa, por causa da flor de Colombina, mas Paloma não deixou.

Pedro acabou decidindo ser O Cavaleiro do Jasmim, na certa por causa do perfume das noites de luar e da cor branca.

Arlindo queria todas as cores e todas as flores, como sempre, e acabou sendo O Cavaleiro do Jardim.

Lutaram e empataram, lutaram e empataram, arranjaram amigos e aliados que também lutaram e empataram, e convocaram mais exércitos, e nunca um conseguia derrotar o outro.

Agora, tinham ouvido falar de uma maneira infalível de vencer uma guerra. Fiquei preocupadíssimo, mas o tal vendedor de cavalos não sabia explicar direito.

Consegui um cavalo com ele e saí a galope em direção à aldeia.

Pelo caminho, nem reconheci os campos por onde eu tinha passado há pouco tempo.

Por cima dos trigais, pelo meio dos vinhedos e olivais, havia uma grande quantidade de tendas armadas.

De um lado, tudo branco e preto — o exército de Pedro--Pierrô, já se sabe. Do outro, todos os retalhos coloridos reunidos no exército de Arlindo-Arlequim.

Galopei até o centro da aldeia, cruzando com feridos, gente chorando, famílias de luto, um horror, tudo tão diferente da alegria de festa que eu tinha visto antes da tragédia.

Tentei conversar com as pessoas que iam lutar de um lado ou de outro, mas era impossível chegar a um acordo:

— Mas afinal, por que é que está havendo essa guerra?

Qualquer um, de qualquer dos dois lados, dava a mesma resposta:

— Eles é que começaram, estamos só nos defendendo.

E todos falavam também numa arma terrível que ia ser a garantia da paz.

— Como é que pode? Se é uma arma terrível, é a garantia da guerra, não pode ser a garantia da paz.

Riam de mim, me chamavam de bobo. E tentavam explicar:

— É porque é uma arma tão terrível que mata as pessoas de uma vez, explode tudo, acaba com elas, não fica só ferindo que nem essas guerras de espada, lança, funda, arco e flecha, catapulta, besta, pedra, porrete, maça, todas essas armas antigas e inocentes.

— Antigas? Inocentes? — Meu espanto era enorme.

— É... Isso tudo vai virar coisa do passado depois desta guerra, desta batalha final.

Mas outros diziam:

— Com esta nova arma, nem vai precisar haver a batalha final. É que ela é tão destruidora que ninguém vai querer se arriscar a destruir tudo e se acabar junto. Sabendo que o inimigo tem a arma, ninguém vai ser louco de começar uma guerra. E como os dois têm a arma, nenhum lado vai mesmo fazer a guerra. É a arma da paz...

— Mas o que é que essa arma faz?

— Com ela, não é mais necessário chegar perto do adversário. Ela acerta mesmo a distância, sem risco nenhum para quem ataca. Ela joga fogo longe, sem queimar quem jogou. Ela lança pedaços de metal a uma velocidade incrível, que furam as pessoas e elas morrem, sem ver nem quem foi que matou. Ela explode tudo, de longe ou de perto.

Era mesmo terrível.

De noite, resolvi fazer uma última tentativa. Peguei o bandolim e fui para o canto da praça, a mesma praça que já tinha visto tantas coisas belas. Toquei uma canção bem alegre, ao gosto de Arlindo, com um refrão bem sentimental, ao gosto de Pedro.

Daí a pouco, os dois apareceram e ficaram em silêncio, escutando. Quando acabei a canção, perguntei:

— Como é que pode? Por que vocês estão querendo brigar desse jeito?

Sabem o que foi que eles disseram? Todos dois?

Uma coisa mais ou menos assim:

— Quem é que está querendo brigar? Só se for ele... Eu, não...

O canto da praça | **47**

No primeiro momento, fiquei aliviado. Dei um sorriso de alegria:

— Ah, então essa conversa toda sobre a nova arma é mentira...

Aí foi que eu me espantei mesmo. Fiquei sabendo que a nova arma era verdade realmente.

E cada um dos dois explicava:

— Mas eu tenho que me defender. Se eu tiver a arma, estou seguro, porque assim ele não vai me atacar. Como eu também não vou, só quero a paz, a guerra não começa nunca. Aí a paz fica eternamente garantida.

Era um absurdo total.

Mas, pelo menos, eu estava vendo que os dois estavam dispostos a conversar. Marcamos um encontro para o dia seguinte, num campo perto da aldeia. Só que cada um deles fazia questão de trazer a tal arma terrível — "para garantir que assim não haveria uma guerra", diziam.

Por via das dúvidas, tratei de me garantir pessoalmente.

Já fiz muitas coisas nesta minha longa vida. Quer dizer, todo ator vive muitas vidas. Não sei se é por isso que eu já atravessei tantos territórios estranhos, vivi tantas épocas esquisitas. Para mim mesmo, isso é um mistério. Mas já houve um tempo em que eu fui aprendiz de feiticeiro, outro em que fui discípulo de alquimistas, outro em que treinei para mago.

Em algumas dessas andanças — ou em outras, até mesmo lendo uns velhos pergaminhos do tal Merlim que foi preceptor do Rei Artur de que já falei —, eu aprendi algumas coisas que me têm sido muito úteis pela vida afora.

Por isso, antes do encontro com a tal arma terrível, colhi várias ervas, frutas e flores na floresta, queimei umas plantas aromáticas, cozinhei umas poções encantadas. Enfim, me preveni. Ainda bem, porque só assim é que eu posso estar hoje aqui contando a história.

Na hora marcada, cada um dos dois chegou à frente de uma carroça enorme, seguidos por seus exércitos armados até os dentes.

— Para que é essa carroça? — perguntei.

Nem lembro bem quem foi que respondeu. Mas um dos dois disse:

— É o depósito da arma.

— E que arma é essa?

Pelo menos agora, eu tinha que saber.

— É a mesma que serviu para fazer as flores de fogo e as cascatas de luzes na noite do baile... — explicou Arlindo--Arlequim.

— A mesma que fabricou estrelas novas para acompanhar o luar... — completou Pedro-Pierrô.

Como não entendi, explicaram:

— A pólvora!

Para mim, era um mistério. Não podia entender como é que uma coisa tão boa, tão bonita, podia servir para matar e destruir. Quando perguntei como é que podia, quem tinha inventado a pólvora, quem teve a ideia de usar aquele pó mágico para matar, essas coisas, os dois começaram a responder ao mesmo tempo, e a discordar, gritando um com o outro, se xingando, numa discussão como as que estavam tendo agora a todo instante, sem qualquer razão forte.

A discussão foi se misturando com novas frases, palavras agressivas, até mesmo aquelas que estão na origem de todas as guerras, desde a primeira briga de um bebê ou do homem das cavernas:

O canto da praça | **49**

— É meu!

— Não! É meu!

De que estariam falando? Do amor de Paloma? Não sei. Só sei que o bate-boca foi esquentando, esquentando, e deve ter soltado alguma faísca na pólvora, porque de repente

BUM!!!

2 *Tempo de depois*

Respeitável público!

Já ia eu me enganando de novo. Agora ia anunciar o início da segunda parte do nosso espetáculo. A força do hábito, sabem como é...

Toda hora esqueço que isto aqui não é um espetáculo, não estamos num circo nem no canto da praça, isto é uma história. E as histórias não começam com *Respeitável público!*, começam com *Era uma vez...* Mas quando elas acontecem no futuro, como será? Será uma vez? Será... Ou seria... Então lá vai:

Será (ou seria, porque ainda não aconteceu e não posso ter certeza, tomara que nem aconteça) uma vez, daqui a muitos e muitos anos, uma estação espacial nesta ou em outra galáxia.

Uma estação muito movimentada, com várias naves interplanetárias vindo se abastecer a todo momento, passageiros fazendo conexões de voo, cargas de diversos planetas indo em esteiras rolantes para diferentes terminais de máquinas de desintegrar aqui e reintegrar ali, enfim, tudo aquilo que a mais alta tecnologia irá considerar necessário para o transporte e a movimentação de um lugar para outro. Lugares no espaço cósmico, óbvio.

Nessa estação, flutuando no espaço sideral ao ultrassom de valsas eletrônicas, um dia chegará um viajante meio misterioso.

Ninguém será capaz de adivinhar sua profissão ou procedência apenas por meio da observação, por mais atenta e minuciosa que ela seja.

Na verdade, à primeira vista, seu aspecto será o de um velho como tantos outros, de idade indefinida, rugas, cabelos brancos, uma barba que lhe dará um vago ar de sabedoria e respeitabilidade. Mas uma certa agilidade e o porte ereto darão a impressão de que, apesar da aparência de velho, o viajante guardará o vigor da juventude. E os olhos... ah, o brilho dos olhos será absolutamente sem idade, um brilho deslumbrado como o de um bebê, curioso como o de um menino, desafiador como o de um jovem, sábio como o de um homem maduro, maroto como o de um velhinho bem-humorado que conseguisse somar tudo isso.

E talvez seja isso mesmo — o olhar de um homem que somará todas essas experiências, de um mestre dos alquimistas, de um mago supremo, de um sábio, de um...

— Ei, moço, o senhor podia nos dar uma carona?

Não gosto de ser interrompido.

Não gostei nunca, jamais, em tempo algum, e tenho certeza de que jamais gostarei. Ainda mais quando estou falando de um assunto tão importante quanto este magnífico personagem.

Mas o tom de voz da menina será firme e decidido, não vai ser possível fazer de conta que não ouvi, por mais que eu tenha vontade.

Por isso, tratarei de acabar logo com a apresentação desse personagem, o viajante misterioso, que, embora esteja entrando agora na história, vocês já conhecem de outras terras e épocas. Quando ele passar no portão radial, os computadores permitirão sua entrada ou saída sem qualquer problema e o identificarão:

Nome — Simnon

Profissão — Astro

Nacionalidade — Terrena

Idade — Medieval

Isso bastará. E se vocês olharem com atenção a imagem projetada nesse momento no visor, talvez identifiquem o personagem, se é que já não desconfiaram pelo nome de família. Serei eu mesmo.

Como irei parar lá? É uma longa história... Uma história que, justamente, eu me disporia a contar, como sempre gosto, mas serei impedido pela interrupção da tal menina.

Bastará, pois, dizer rapidamente que, entre as tais poções encantadas, ervas miraculosas e plantas aromáticas de Merlim, de que já falei, havia alguma (infelizmente, nunca descobrirei exatamente qual delas, o que me impedirá de dividir o segredo com outras pessoas) que me fechou o corpo, não deixando que ele seja ferido.

Por causa disso, num momento de explosão, eu não estouro, apenas sou impulsionado e saio voando a uma velocidade incrível. Aí, logicamente, acontece o que aconteceria com um avião que voasse muito rápido, como podem imaginar pelo que já ocorre no tempo de vocês. Quem voa da Europa para a América, por exemplo, ou seja, de leste para oeste, precisa atrasar o relógio umas seis horas, por causa da diferença de fusos horários. Quem vai no sentido inverso, de oeste para leste, tem que adiantar, porque quando são cinco horas em Nova Iorque, são onze horas em Londres. Quer dizer, se o avião fosse tão rápido quanto eu posso ser impulsionado numa explosão, teria que adiantar ou atrasar vários dias, em vez de horas. Dependendo da velocidade, podem ser muitos meses, muitos anos, até séculos. Para a frente ou para trás, dependendo do lado para o qual eu saio voando. Se for para leste, vou para o futuro. Se for para oeste, vou para o passado.

Por isso é que, no espaço de uma vida, fui parar em tantos lugares e tempos diferentes, vivi tantas vidas, fui tantas coisas diversas, fui saltimbanco e pastor, mago e apanhador de papel, alquimista e...

— Moço, dá licença, o senhor não ouviu? Eu estou falando com o senhor... — perguntará novamente a tal menina.

Bastará um simples olhar em direção à menina para que eu descubra que sua expressão é tão firme e decidida quanto sua voz.

Será melhor falar com ela, resolver logo isso, e deixar toda essa contação de histórias para outro momento.

— Que é que você quer? — terei que perguntar para satisfazer a menina.

Por baixo dos cabelos encaracolados e dos olhos cinzentos com reflexos indefinidos, se abrirá um sorriso e ela repetirá a pergunta:

— Será que o senhor podia nos dar uma carona?

Não saberei o que responder, por isso minha resposta vai me trair:

— Sim... não... quer dizer... para onde?... Por que eu?...

— Por isso mesmo — dirá ela com um sorriso vitorioso.

— Por isso mesmo como?

— Porque o senhor é a pessoa que esperávamos.

Não vou resistir. Afinal, viajante misterioso serei eu, e não uma menina de bochechas cor-de-rosa e olhos cinzentos com reflexos verde-azulados a me falar em nós, menina que eu não sei quem é nem de onde veio. Claro que vou perder a paciência:

— Que ideia, menina! Você deve estar maluca! Você (ou vocês, sei lá) não podia estar me esperando porque nem eu mesmo sabia que vinha parar aqui, estou de passagem, só por acaso. Por isso mesmo, não posso ser eu a pessoa que ia dar a tal carona para vocês.

Aí mesmo é que eu irei me espantar, porque ela dirá:

— Mas o senhor não é o mestre Simnon?

— Sou eu mesmo. Como sabe?

— Pela sua resposta ao meu pedido, tive certeza.

— Mas eu ainda não respondi... — tentarei argumentar.

— Respondeu, sim senhor, só que não lembra. Pelo menos, respondeu o suficiente para eu saber quem o senhor é.

— Como assim? Que foi que eu disse?

É claro que uma menina tão esperta me espantará e me deixará um tanto intrigado. Mas o espanto ainda aumentará quando do ela continuar:

— O senhor disse sim... não... Aí eu vi que nossa busca tinha chegado ao fim. Encontramos mesmo o guia de que nosso mestre falava, o homem do sim e do não, do antes e do depois, do começo e do fim, da noite e do dia, aquelas coisas todas que ele dizia.

E sem dar tempo para que eu me recupere da surpresa ou que comece a tentar decifrar o mistério, minha pequena companheira explicará ainda mais:

— Quando o senhor passou, achamos seu jeito muito simpático e eu corri para ver de perto. Aí seu nome apareceu no visor e, quando vi escrito *Simnon*, achei que eu devia me arriscar e lhe pedir a carona. Sua resposta só confirmou que nós estávamos certos.

Nesse ponto eu começarei a ficar realmente muito interessado em toda a situação. Será melhor esclarecer.

— Está bem, sou mesmo Simnon. E você, quem é?

— Meu nome é Aziul — responderá ela.

— Azul? É uma cor bonita — eu vou achar que não terei entendido direito.

— Não é azul. É Aziul mesmo — corrigirá ela, sempre decidida.

— E por que toda hora está falando em nós? — continuarei.

Ela sorrirá um sorriso muito alegre:

— É porque eu não estou sozinha. Vou chamar os outros.

Quando ela se virar para trás, na direção de onde estaremos vindo, verá que não será preciso chamar ninguém.

Já haverá dois meninos simpáticos quase nos alcançando — um louro, outro moreno, um todo de branco e preto, outro vestido em uma roupa de pedaços coloridos.

Ela fará as apresentações:

— Pessoal, este é o Guia Simnon, que nos ajudará a cumprir nossa missão. Estes são meus amigos, Okram e Leafar.

Será tudo tão rápido que não terei tempo de me refazer da surpresa.

Vou querer fazer muitas perguntas,

De onde ela terá tirado a ideia de que eu iria ajudar?

Que missão será essa?

Quem serão eles?

O canto da praça | **57**

De onde terão vindo?

Que história seria aquela de um mestre?

Desde quando eu serei Guia de alguém?

Como eles poderiam saber que eu ia passar por uma estação espacial, se nem eu mesmo saberia?

Entre tantas dúvidas, acabarei perguntando apenas:

— De onde vocês vêm?

— De Osseva — responderá Leafar.

Como até esse momento nunca terei ouvido falar de um lugar com esse nome, apesar de todas as minhas andanças e voanças por muitas épocas, inúmeros mares e todos os continentes, ficarei na mesma.

Leafar continuará explicando:

— É um planeta de outra galáxia. Para ser mais exato, de outra dimensão.

— Era, você quer dizer... — corrigirá Okram. — Agora, acabou.

— Acabou como? — perguntarei, cada vez mais curioso com toda essa história.

Então eles contarão, aos pouquinhos, cada um trazendo algum elemento novo, algum detalhe, numa conversa entrecortada.

Tinham vivido num planeta lindo, cheio de plantas, bichos, montanhas, rios, praias, paisagens belíssimas, até que houve uma grande guerra.

A guerra não foi na própria superfície do planeta, porque nesse tempo todas as guerras serão interestelares, travadas com poderosas armas de raios *laser,* ondas de luz e vibrações de energia, espetáculos magníficos para se ver num vídeo, visor ou tela de cinema, como antigamente as pessoas viam fogos de artifício nas noites de festa na Terra. Mas, apesar de toda essa beleza, as explosões de cores e linhas de luz em velocidade vertiginosa não serão espetáculos e, sim, portadoras da morte e da destruição — como, aliás, todas as guerras, sempre, em toda parte.

E como Osseva será um planeta muito pequeno, assim como a Terra, uma guerra dessas, na vizinhança de seu espaço, além de atingir seus habitantes que forem bombardeados ou que pilotarem as naves interplanetárias, irá também ter um efeito aniquilador no solo de Osseva, em sua atmosfera, em seus cursos d'água, em todas as suas formas de vida.

Será por isso que, antes da destruição total, o Velho Mestre, que será o mais sábio do planeta, preparará um foguete bem pequeno, capaz de iludir os aguçados sistemas de sensores e radares em torno a seu planeta, mas grande o suficiente para transportar três crianças até a estação espacial.

Lá, eles deveriam me encontrar e eu os guiaria — segundo as instruções que teriam recebido.

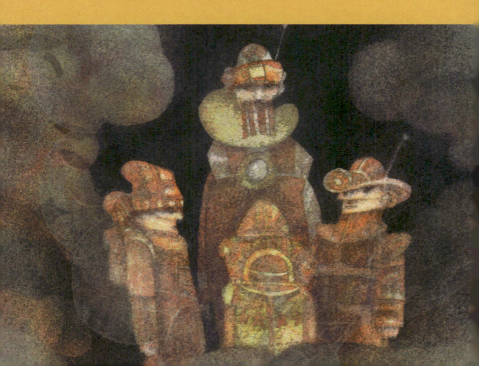

Quando eles acabarem de contar essa história, com todos os detalhes que estou omitindo porque não são importantes, e que encompridarão muito todo o caso, ficarei perplexo.

Evidentemente irei tomar conta deles, nunca serei capaz de deixar três crianças ao desamparo, ainda mais os três únicos sobreviventes de um planeta desaparecido numa guerra horrível. Mas, no primeiro momento, não saberei o que fazer com eles, apesar de todas as instruções do Velho Mestre.

Estarei disposto a ser seu Guia, sim, mas não saberei para onde nem para que deverei guiá-los. Sim e não, sempre, na minha vida, como se nunca existisse um *sim* sozinho ou um *não* desacompanhado.

De qualquer modo, algumas perguntas eu chegarei a fazer nesse momento. Por exemplo:

— Como é que vocês sobreviveram?

— Num foguete, já explicamos — responderá Leafar com alguns sinais de impaciência. — O Velho Mestre nos instalou lá dentro e calculou a trajetória para virmos até aqui esperar o senhor.

Vou ter que explicar melhor:

— Sim, isso eu sei. Mas não sei por que é que vocês e ele eram os únicos que tinham sobrado nesse momento em que o foguete foi lançado.

Aí vai ser a vez de Aziul explicar:

— Não, Guia Simnon. Quando nós fomos lançados ao espaço, ainda havia muita gente em Osseva. Mas o Velho Mestre sabia que, com uma guerra daquelas, não ia sobrar nada. Por isso, ele resolveu nos pôr no foguete. Para sobrar alguém que contasse a história e começasse de novo.

Irei começando a entender melhor:

— Ah, sim... uma espécie de Arca de Noé...

Mas ao mesmo tempo surgirão novas dúvidas:

— Mas que mais ele botou no foguete com vocês? E, afinal, por que escolheu três crianças, em vez de dois adultos? E por que vocês?

Ainda tenho muitas perguntas...

— No foguete viemos só nós mesmos, mais nada — responderá Okram. — Vai ver é porque o Velho Mestre estava com muita pressa. Ele disse que não tinha tempo a perder, que os dois lados já tinham apertado os botões e que dali a três minutos tudo ia acabar. Tínhamos o tempo justo para a contagem regressiva e o lançamento.

Pensará um pouco antes de prosseguir, sem muita certeza.

— Acho que ele nos escolheu porque nós estávamos ali perto, brincando no laboratório dele. Ia mais rápido.

— Eu acho que não — interromperá Leafar, pensativo. — Porque aí a gente pode perguntar: por que é que nós estávamos brincando justamente ali, no laboratório dele? Por que naquele momento?

— Ora, porque era o nosso lugar de brincar. Afinal, nós estávamos há muitos dias morando lá com ele — dirá Okram.

— Isso mesmo! — confirmará Leafar, animado. — E estávamos morando com ele porque ele já tinha nos escolhido, é claro! Por que, eu não sei, mas sei que tinha.

O brilho nos olhos do menino será a confirmação de que estará começando a descobrir as razões do mistério:

— Lembra que ele tinha conversado há um tempão com nossos pais, numas conversas todas secretas, que ninguém quis dizer o que foi? E depois disso fomos morar com ele, no tal Projeto Especial de que ele falava tanto...

— É... — rirá Okram. — O superimportante Projeto ZAP.

O canto da praça | **61**

— Pois é... — Leafar continuará desenvolvendo sua linha de pensamento, encadeando as lembranças, tentando chegar a uma conclusão. — Eu sei que ele nos escolheu por alguma razão. Primeiro, ele foi ao reino onde você morava, lá em Harley, falou com seus pais e conseguiu sair com você clandestino, embrulhado na capa, sem que ninguém descobrisse, enganando todos os guardas e vigias lá do tal seu rei King.

A essa altura, Okram dará uma risada:

— Você sempre confunde... Já lhe disse que King não é o nome do rei...

— Sei, é sobrenome...

— Nada disso — explicará Okram. — King já quer dizer rei, só que numa língua antiga. Não é sobrenome. Só vem depois do nome do reino porque antigamente, nessa nossa língua, se dizia assim. *Harley King* quer dizer *O Rei de Harley*...

— Não faz mal — dirá Leafar, insistindo em escavar sua memória e continuar seu raciocínio. — O que importa é que, primeiro, o Velho Mestre foi buscar você, depois veio para o nosso Império. Foi lá em casa, meus pais já estavam esperando, e já tinham até me dito que eu deveria ir com ele quando chegasse a hora. Na saída do Império, passou pelos portões magnéticos sem qualquer dificuldade, porque sabia perfeitamente a fórmula da senha. E, quando chegamos ao laboratório, encontramos Aziul, que já estava lá.

— Você também sabia a senha? — vai perguntar Okram, sempre curioso.

— Claro!

— Então, será que agora que tudo já ficou para trás, você podia me dizer qual é? Sempre tive a maior vontade de saber...

A resposta de Leafar foi inesperada:

— Não sei dizer...

— Como não sabe? Você não acabou de contar que sabe? insistirá Okram.

— Claro que sei qual é a fórmula da senha, todo mundo lá aprendia desde pequeno a conhecer os sinais que abrem as portas do Império. Mas não sei dizer. Só sei bater nas teclas, conheço o desenho deles, não sei qual é o som. Mas posso desenhar para você.

Nesse momento, quando Leafar for desenhar a senha, meu espanto me fará dar um grito.

Porque os sinais que ele fará serão assim: π & ρ.

— Pi e rô... — lerei em voz alta. — Pierrô...

Os três me olharão surpresos:

— Também sabe isso? — perguntará Aziul. — Pensei que era só o Velho Mestre que brincava de nos chamar desse jeito.

— E ele chamava vocês três dessa maneira? — perguntarei.

— Os três, não — dirá Leafar, com orgulho. — Só eu. Mas meus pais me disseram uma vez que os sinais dessa fórmula são também de uma língua antiga.

— Muito mais antiga — esclarecerei. — π é pi, e ρ é rô, letras do antigo alfabeto grego, uma das línguas sagradas dos mestres de todos os tempos. E esse sinal do meio é só uma indicação tipográfica, somando os outros dois signos. É como se alguém informasse que esta estação espacial funciona *noite* & *dia* — quer dizer, noite e dia. Como se alguém resolvesse dizer que meu nome é *Sim* & *Não*.

— E não é? — perguntará Aziul, meio marota.

— É... — concordarei, rindo. — Mas quero ainda esclarecer outra coisa que não entendi bem. Você morava num cometa, Okram?

— Eu não. Que ideia! Por quê? Eu morava é em Harley.

Esclarecerei:

— Perguntei porque conheço um cometa de nome parecido, o Cometa de Halley...

Ele vai dar uma boa risada antes de explicar:

— Meu pai me disse uma vez que o nome era um disfarce, lá de algum tempo antigo, quando a guerra estava mais no começo, e por motivos de segurança acharam que era bom disfarçar quem a gente era. Misturaram o nome de um cometa com o de um bairro ou uma cidade antiga nossa, em homenagem, que tinha sido um lugar cheio de festa, música e dança. É que a gente sempre gostou muito de folia e brincadeira, o senhor sabe...

Depois de refletir um segundo, perceberei:

— Ah, sim,... Harlem... Estou reconhecendo toda essa animação, esse gosto pelas cores, pelas brincadeiras, pelos ritmos, alegres... Começo a concluir que o seu Harley King deve ser a nova máscara de meu velho conhecido de outros tempos, o Arlequim...

Novamente Aziul me olhará espantada:

— Como é que o senhor sabe disso? Era assim que o Velho Mestre brincava de chamar Okram...

Rirei e farei um ar bem esperto, para jogar meu grande trunfo na mesa:

— Aposto que ele chamava você de Colombina!

Os três rirão muito:

— Colombina? Eu, heim? Que ideia! Que nome mais engraçado... — as gargalhadas de Okram mostrarão sua surpresa.

— Pode ir pagando a aposta, porque já perdeu. A gente nunca ouviu esse nome na vida...

O canto da praça | **65**

Com a confirmação de Leafar, ficarei um instante meio perdido.

— Ele me chamava era de Palomita...

Aos poucos irei descobrindo que esse tal de Velho Mestre tinha lá o seu senso de humor e o seu sentido de mistério. Mas comentarei apenas:

— Errei de língua antiga, mas dá no mesmo... Mas me diga uma coisa, Aziul: você veio de que reino?

Ela ficará em silêncio.

— Eu sempre quis saber isso — dirá Okram. — Quando chegamos ao laboratório do Velho Mestre, ela já estava lá, e bem à vontade...

Ela continuará quieta.

— É mesmo... — observará Leafar. — Já conhecia tudo, parecia até que já tinha chegado bem antes, há muito tempo.

Aziul dará um suspiro antes de começar a contar sua história:

— Bom, agora que Osseva já acabou, posso contar a verdade, que era segredo. Acontece que eu nasci lá, no laboratório.

— Como?

— Por que...

Os dois não poderão esconder seu espanto.

— Meus pais moravam lá, escondidos — explicará Aziul, como quem se prepara para falar mais.

— Quem eram eles? — perguntará Leafar.

— Coloridos ou preto e branco? — vai querer saber Okram.

— Pois é, aí é que está. Já não eram mais nem de um lado nem de outro. Meu pai era filho de uma mulher de sua tribo, que morava no seu Império, Leafar, com um homem do seu reino, Okram. Eles tinham se encontrado há muitos anos, no meio da guerra, e em vez de se matar, quiseram se abraçar, ficar juntos, ter filhos — e acabaram tendo meu pai.

Perceberemos que a história vai ser longa e nos ajeitaremos para ouvir melhor. Com paciência, Aziul prosseguirá:

— Mas a mãe de meu pai, essa minha avó, para não ser morta, passou a vida inteira fingindo que era do reino de Harley, onde eles ficaram morando. Só que ensinava ao filho canções que falavam da brancura do luar nas planícies cobertas de neve, histórias do Cavaleiro do Jasmim, músicas que às vezes tinham uma tristeza de cortar o coração. Em toda a terra de Harley não havia ninguém como ela, capaz de consolar tanto a dor dos aflitos, ninguém que entendesse tanto o sofrimento dos outros. E como a dor e o sofrimento eram muito grandes, por causa da guerra, ela era muito querida e tinha muitos amigos. Mas tinha sempre que tomar o maior cuidado para não se trair, porque era anormal que alguém de Harley fosse daquele jeito. E se a descobrissem, exilada em Harley e clandestina, ela podia morrer. Meu pai cresceu com esse segredo no coração dividido, no peito rachado, em alta tensão entre os polos do seu cérebro, como costumava dizer o Velho Mestre.

— E sua mãe, quem foi? — perguntará um de nós. Talvez eu mesmo...

— Com ela, era ao contrário. Quer dizer, também não era como o pessoal das outras famílias de Osseva, que viviam sempre no mesmo país desde que alguma das guerras antigas obrigou as duas tribos a migrarem de outro planeta para lá.

A todo momento estarei aprendendo algo novo sobre Osseva. Mas não poderei me distrair. Aziul estará continuando:

O canto da praça | **67**

— A tribo dos preto e branco sempre morou no Império das planícies nevadas e enluaradas, a tribo dos coloridos sempre ficou no reino de Harley, com sua grande cidade cheia de letreiros de néon, luzes piscando, ruas fervendo de gente inventando moda cheia de cores. Nesse ponto, ela olhará diretamente para seus companheiros, antes de prosseguir, dirigindo-se a eles:

— Pois a minha mãe era filha de uma mulher de seu reino, Okram, com um homem de seu Império, Leafar. Eles também tinham se apaixonado no meio da guerra e achado que o amor era muito melhor do que a morte. Só que a minha avó colorida teve que ficar o resto da vida vestida de preto e branco, fingindo que gostava de serenatas para a lua quando queria dar cambalhotas para o sol, mas precisava fazer de conta que não era estrangeira nem do reino inimigo. De qualquer modo, ensinou minha mãe a fazer caretas engraçadas, a pregar peças nos outros, inventar ritmos novos, dançar danças alegres. Em todo o território do Império não havia ninguém com tanto senso de humor, tão capaz de ver o lado engraçado das desgraças como ela. E como as desgraças eram tantas, por causa da guerra, ela tinha muitos amigos, porque levantava o moral dos outros. Mas precisava sempre ter mil cuidados para ninguém descobrir, porque não era normal que alguém do Império fosse daquele jeito, e podiam desconfiar que ela fosse exilada, clandestina, o que era muito perigoso. Por isso, minha mãe também cresceu com o tal coração dividido e todas aquelas coisas que o Velho Mestre falava do meu pai, lembram?

— O peito rachado, alta tensão no cérebro... — repetirei eu, que terei gostado muito das expressões do Velho Mestre.

Nesse momento, observarei que uma lágrima solitária estará rolando pela face de Leafar, fazendo até lembrar o rosto maquilado do Bertoldo, quando ia fazer o papel de Pierrô lá na aldeia, há tantos anos e tantos quilômetros da estação espacial intergalática e multidimensional. Mas ele logo explicará:

— Aziul, você nem sabe, mas eu também tenho um segredo parecido.

Depois de uma pausa, continuará:

— Minha mãe também era de Harley, mas se apaixonou por meu pai e veio viver em nosso império. Quando estávamos sozinhos, me ensinava sapateado, me animava a improvisar músicas enquanto fazia a percussão, punha papel de seda em volta de um pente e tocava fingindo que era saxofone, inventava piqueniques no quintal, transformava tudo em festa.

Okram também terá um segredo para revelar nesse momento:

— Minha mãe também fazia festas ótimas e diferentes quando estávamos sozinhos, porque a gente vivia em Harley mas ela era do seu Império, Leafar. A mesma coisa que vocês, igualzinho. Ela e meu pai resolveram se casar, mas guardaram segredo sobre a origem dela, para não serem perseguidos.

De repente, meio sonhador, prosseguirá:

— No meio daquela agitação de Harley, era tão gostoso poder ficar algumas horas com a tranquilidade dela, ouvir canções suaves, ficar junto de um samovar tomando chá e escutando histórias do luar e dos flocos de neve, aventuras de ursos e feiticeiras nas estepes geladas, brincar de circo (ela adorava circo!) ou de teatro mudo, tudo silencioso, só fazendo mímica com o corpo e com o rosto... Que saudade, puxa!

Assim ficará claro, como direi:

— Ah, mas então é por isso que vocês foram escolhidos, é isso o que vocês têm em comum. Todos três são mestiços.

— Eu sou até muito mestiça, por dois lados — dirá Aziul, com orgulho. — O Velho Mestre costumava dizer que, quanto mais misturado a gente fosse, mais rico seria. Cada um dos meus pais já era mestiço. Só que tinham uma diferença dos pais de vocês ou dos meus avós: eles não quiseram fingir que eram de outro lugar. Quando se encontraram e se apaixonaram, não queriam viver fazendo de conta uma coisa que não eram. Mas não tinha lugar para eles em nenhum país, porque nenhuma terra era toda misturada, com preto, branco e todas as cores, com tristeza e alegria, com festa alegre e canções sentimentais ao luar. Como os dois eram amigos do Mestre, acabaram indo morar com ele, onde eu nasci. Ele dizia que era meu padrinho, e que ficava muito feliz com isso, porque parece que uma vez ele tinha sido monge, quis ajudar outro casal meio parecido com meus pais, mas não conseguiu e tudo tinha acabado muito mal.

Logo adivinharei:

— Por acaso ele alguma vez disse o nome desse casal?

— Disse, mas não me lembro.

Continuarei adivinhando:

— Por acaso ele alguma vez disse se essa história aconteceu em uma cidade chamada Verona, lá na Itália?

Aziul confirmará:

— Exatamente! Só que não eram as tribos deles que estavam em guerra. Parece que eram as famílias que viviam brigando.

— Não seriam Romeu e Julieta? — tentarei acertar desta vez.

— Isso mesmo! O senhor também conheceu os dois? Foi? Me conta a história deles...

— Fica para outro dia — responderei sorrindo, encantado com as coisas que ia descobrindo sobre o tal Velho Mestre.

— Vai ter muito tempo para o Guia Simnon nos contar histórias, Aziul — interromperá Okram, todo animado. — Afinal de contas, agora vamos todos morar com ele.

— Morar? — não poderei deixar de ficar assustado. — Não, nada disso. Vocês só tinham falado em carona, em ajudar a cumprir missão. Eu sou um eterno saltimbanco, não tenho casa, moro cada vez em um lugar diferente. Não posso ter uma família de uma hora para outra... Não posso me prender assim.

— Okram não explicou bem — dirá Aziul. — A gente não tem certeza se é para morar. Vamos ter que ver na mensagem do Velho Mestre. Sabe? Ele disse que quando nós encontrássemos o senhor, haveria uma mensagem. Vamos até a Central para ver? Nós também não sabemos direito de muitas coisas, não podemos explicar ao senhor. Só sabemos que estamos no Projeto Espacial ZAP.

O canto da praça | **71**

Vou ter que pedir alguns esclarecimentos, mais uma vez:

— Vocês vão me desculpar, crianças, mas parece que mesmo que eu esteja destinado a ser o seu Guia, e aceite, preciso ficar sempre fazendo perguntas. Agora, ainda quero saber duas coisas. Primeira, que é, afinal, esse tal Projeto ZAP?

— Não sabemos direito — dirá Leafar. — O Velho Mestre falava muito nisso, mas nunca explicou. Só que, como desde que chegamos lá no laboratório, Aziul ficou logo muito amiga de nós dois, e nos ajudou a fazermos amizade um com o outro, sempre de um para o outro, feito um foguetinho que passa zunindo, nós aproveitamos os apelidos dados pelo Mestre e brincávamos de dizer que Z.A.P. queria dizer "Zunindo entre Arlequim e Pierrô".

— É... — dirá Okram. — Lembro bem que, na primeira vez em que falamos nisso, o Mestre deu muitas gargalhadas, disse que nós é que estávamos sendo mestres dele, estávamos ensinando, que ele nunca tinha pensado nisso, mas que nós estávamos certos. Disse também que, no fundo, talvez todo o Projeto ZAP fosse mesmo só isso, ficar zunindo entre Arlequim e Pierrô.

— E tem outra coisa, Guia Simnon — completará Aziul.

— O Velho Mestre sempre dizia isso, que todos os mestres de verdade sempre ensinaram perguntando, a eles mesmos ou aos outros.

— É... — confirmará Leafar. — O senhor não precisa se espantar porque está fazendo tanta pergunta.

E Aziul lembrará:

— Ele até falava num antigo mestre dele, com quem tinha aprendido as veredas para as travessias dos perigos da vida, um tal de Guia Mares Soar, que costumava dizer que Mestre não é quem tudo ensina, mas quem de repente aprende. Várias vezes o ouvi dizer isso a meus pais, repetia sempre. Por isso, pode perguntar à vontade. Vamos, qual é sua segunda dúvida?

Perguntarei:

— Que história é essa de mensagem na Central?

— É que toda estação espacial tem uma Central de Comunicações Telessiderais, o senhor não conhece?

Sorrirei.

— Não. Não costumo demorar nessas estações. No máximo, já me aconteceu de atravessar uma ou duas delas bem rápido, de passagem, zunindo...

— Nós levamos o senhor lá e explicamos tudo — dirá Aziul, decidida.

Quando chegarmos a uma grande sala cheia de minúsculas cabines, cada um dos três tirará do bolso um cartão magnético. Sucessivamente, Aziul, Okram e Leafar introduzirão seus cartões na ranhura de uma máquina.

Logo se acenderá um visor acima da porta de uma das cabines, piscando três letras: Z-A-P. Antes que a célula fotoelétrica abra a porta da cabine ao comando dos gestos precisos de Leafar e Okram, numa espécie de dança ritual, ambos inteiramente pierrôs mímicos nesse momento, convergindo suas mestiçagens, Aziul me explicará:

— Deve ser uma mensagem muito séria mesmo. Para conseguir que o pensamento concentrado fique vibrando dessa maneira pelo espaço sideral até ser captado na época e no lugar certos pela pessoa que tiver o código, é preciso jogar uma carga de energia muito grande. Tão grande que, às vezes, esgota inteiramente, para sempre, quem mandou a mensagem. É muito arriscado, a pessoa pode virar bagaço.

Pensativa, comentará:

— Tinha mil outros tipos de mensagem que o Velho Mestre podia mandar. Mas ele escolheu esse, o mais secreto de todos. Só pode ser uma coisa muito séria.

Ficarei meio espantado com o comentário de Aziul. Nunca poderia imaginar que uma menina de jeito tão meigo e dengoso, com olhos cinzentos de reflexos verde-azulados (ou seria o contrário?), fosse ficar falando de carga de energia com esse modo tão natural. Mas, como se lesse meus pensamentos, ela explicará:

— Meu pai e minha mãe sempre trabalharam com o Velho Mestre no setor de comunicações. E desde que eu era pequena me treinaram para ser mensageira. Por isso é que eu conheço muitos tipos de mensagem...

— ... e ficava zunindo entre Arlequim e Pierrô, num leva e traz sem parar...

— Isso mesmo, Guia Simnon. Agora, preste atenção. Okram e Leafar completaram os ritos do código de abertura e a célula fotoelétrica está destravando a cabine. O senhor deve entrar sozinho e se concentrar cuidadosamente, para receber a mensagem.

É claro que ficarei concentradíssimo, jogando também uma carga de energia muito grande para receber essa mensagem misteriosa e ver se assim conseguirei descobrir mais alguma coisa de toda essa história tão fascinante, tão cheia de segredos e semeada de pistas.

Aos poucos, um visor irá se acendendo numa das paredes da cabine, com manchas luminosas informes.

O sistema de sons começará a emitir fragmentos sonoros que farão pensar numa espécie de bandolim eletrônico, ou sintetizador-alaúde, alguma coisa assim.

Finalmente, uma imagem aparecerá na tela, a de um homem com traços que reconhecerei, vestido de mago, como Merlim. Assim que eu identificar que é minha própria fisionomia que estarei vendo, notarei que os trajes da imagem estarão sendo substituídos subitamente pelos de um palhaço, depois pelos de um astronauta, depois pelos de um pastor, de um saltimbanco medieval, de um cientista, novamente de um mago, sempre no ritmo da música.

Por fim, a imagem parecerá ficar mais nítida e estável e lá estará o rosto, mais próximo, bem grande, como se uma câmara tivesse se aproximado dele, vestido numa espécie de túnica cinza neutra — pelo menos, é o que vou imaginar, porque tão de perto só dará mesmo para ver a cabeça e os ombros.

Aí, ele começará a falar:

— Alfa é ômega. Ômega é alfa. Esta mensagem se destina apenas a Simonelli, Simão, Simnon, como estiver se chamando no momento. Qualquer outro que estiver ouvindo e não desligar o aparelho imediatamente será amaldiçoado para sempre. Mas o ouvinte certo saberá que nome dar aos três integrantes do Projeto ZAP, para que esta mensagem possa continuar. Diga os nomes.

— Pierrô, Arlequim, Colombina.

— Alfa é ômega. Ômega é alfa. Mensagem continuando. Como você vê, somos um só. Sou seu futuro, você é meu passado, tanto faz. Alfa é ômega. Os integrantes do Projeto ZAP a esta altura já lhe contaram a história de Osseva e suas guerras, até o momento em que envio esta mensagem. Acaba de ser instalada no Reino dos Arlequins e no Império dos Pierrôs uma arma terrível, o raio da aniquilação total, a luz da morte, que desta vez, sim, acabará com todos os habitantes de tudo em nossa dimensão, para toda a eternidade. Cada um dos dois lados em luta achou que era necessário se equipar dessa arma terrível, dizendo que é para garantir a paz, porque se tiver esse raio mortal o outro não atacará. Conhecemos essa conversa, de muito tempo já... Ninguém nem se lembra mais de por que está guerreando, mas tudo sempre é pretexto para que se diga *É meu!* e o outro revide *Não! É meu!* E o caminho da morte não se fecha nunca.

Imaginem minha emoção por estar ouvindo meu próprio futuro...

Minha concentração será tanta que a mensagem do Velho Mestre responderá ao que eu estiver pensando:

— Não sei se é exato dizer que sou seu futuro. Na verdade, estou em outra dimensão. Não sou real, sou imaginário. Mas corro o risco de ser real, dolorosamente real. Este mundo e este tempo condicionais em que vivo podem virar um futuro terrível, de dor, sofrimento e morte para crianças e famílias como as de nossos três amigos. Você precisa tentar impedir isso, entrar com eles novamente na outra dimensão e fazer alguma coisa. Ficarei com vontade de pedir ajuda, meio perdido, sem saber o que fazer nem por onde começar.

Mais uma vez, como se adivinhar tudo o que estiver passando pela minha cabeça, a imagem no visor dirá algo que poderá ser uma resposta a meus pensamentos:

— Só posso ajudá-lo com truques de palavras. E com letras, mesmo as mais antigas. É tudo o que tenho — ao mesmo tempo, tão pouco e tão infinito. Por isso, para você, que sabe que o sim e o não andam juntos, que as coisas só existem com seu contrário, que não há noite sem dia, não há cheio sem vazio, não há fim sem começo, eu entrego o Projeto ZAP e sua única instrução: ômega é alfa.

Depois disso, desaparecerá. As luzes se apagarão, o som se desligará, a porta da cabine se abrirá, e eu sairei pensativo e tão intrigado quanto entrei, só que absolutamente exausto.

— Vamos descansar — proporei.

— Já tínhamos pedido uma câmara de repouso — dirá Aziul. — Venha.

Seguirei os três.

Entraremos num quarto acolchoado e cheio de almofadas soltas. O silêncio, a penumbra, o cansaço logo farão efeito, e em poucos instantes estaremos todos adormecidos.

A mensagem ficará girando em minha cabeça: alfa é ômega, ômega é alfa... A primeira e a última letras do alfabeto grego, o começo e o fim...

Não saberei dizer quanto tempo terei dormido. Acordarei de repente, com a agitação de Aziul durante o sono. Na certa ela estará sonhando com alguma coisa, porque vai estar rolando de um lado para o outro, se batendo, murmurando. Coitadinha! Com tudo o que terá passado, não será de admirar que tenha pesadelos.

Chegarei perto dela para acalmar seu sono, suavemente fazendo carinho nos cabelos cacheados.

Já acordado, ficarei pensando. Se ômega é alfa, o fim é o começo. O que parecer o fim do mundo poderá ser o começo de alguma coisa nova — isso é que deveria ser o tal misterioso Projeto ZAP.

Mas o quê?

Como?

De que maneira eu poderia entender essa dimensão de Osseva para conseguir sair dela?

Precisaria ficar revirando as ideias, como o jogral Bertoldo revirava os objetos, jogando para cima. As ideias, as palavras, as letras, para cima e para baixo, para todo lado, direito e esquerdo, direito e torto, direito e avesso.

Avesso? Mas claro!

O avesso do avesso, algum poeta já teria cantado isso e eles sempre são sábios!

Avesso, pelo avesso, de trás para diante, é *Osseva.* A dimensão do avesso. De tudo aquilo que está ao contrário do que devia ser. Como a morte é o contrário da vida — os homens não deviam estar fazendo guerra. Isso mesmo.

Projeto ZAP. Pelo avesso, Projeto Paz.

Essa seria a missão: conseguir a paz.

Como? Voltando à outra dimensão, na certa...

Mas de que maneira?

Nesse ponto de meus pensamentos, Aziul abrirá seus misteriosos olhos cinzentos, com seu arzinho meio espantado já meu conhecido de outros tempos e outras dimensões, um ar de pombinha assustada.

— Pronto, minha Palomita Colombina, fique tranquila, está tudo bem, você está entre amigos... — direi, para acalmá-la.

— Puxa, Guia Simnon, sonhei com você e foi bom... Mas antes, tive um sonho mau.

O coração dela ainda estará batendo forte.

— Sonhou com quê? — quererá saber Okram, já acordando.

— Conte — pedirá Leafar.

— Não me lembro bem. Eu estava perdida, tinha alguém me perseguindo, eu não sabia o caminho, era num morro, eu subia, subia, mas não encontrava a estrada da saída. Aí apareceu uma menina e disse que me ajudava, que ia me levar no barraco de um pastor de cabras que morava por ali, um tal de Simão. Quando eu cheguei lá, sabem quem era o tal pastor? O nosso Guia Simnon em pessoa. Aí, ele me pegou no colo, fez carinho no meu cabelo e me mostrou o caminho para eu chegar onde eu queria...

— Ainda bem! — continuará Okram. — Eu estava tão cansado que nem sonhei.

— Nem eu — dirá Leafar. — Mas acordei com uma fome danada. E você, guia? Não se anima a sair por aí com a gente para arranjar alguma coisa de comer?

Nem vou ouvir direito. Estarei pensando, pensando. No sonho de Aziul.

Saberei quem é aquele velho Simão.

Eu mesmo, é evidente.

O canto da praça | **79**

Lembrarei desse tempo em que fui meio mendigo, muito pobre, apanhador de papel, comprador de garrafa vazia e jornal velho para revender, morando num barraco caindo aos pedaços na encosta do morro bem atrás do apartamento da menina.

Sim, porque eu também saberei quem é essa menina que veio ajudar. A menina que gostava de mim e me agradava quando todas as crianças saíam correndo com medo do garrafeiro. A menina que enquanto os outros diziam que eu era "o velho do saco", me chamava de "pastor de cabras", só porque os cabritos criados soltos pelo morro vinham comer resto de comida perto do meu barraco. A menina Ana. Alfa é ômega. Tanto faz ler de um jeito ou de outro, da direita para a esquerda ou vice-versa. Ana é Ana. Direito ou avesso. Em qualquer dimensão.

Era isso!

Eu ia precisar encontrar outra palavra assim, que nem Ana, igualzinha a si mesma em qualquer sentido. Mas sempre com o sentido exato. O significado necessário. Quando encontrasse, a gente mudaria de dimensão.

Agora eu sabia o caminho, era só procurar a palavra.

— E você, Simnon, não está com fome? — repetirá Leafar.

— Não, não. Estou pensando, procurando, estou quase achando, muito perto, não me interrompam, podem ir, não me esperem, comam o que quiserem — direi, bastante impaciente.

— O que a gente quiser? Oba! Pois eu quero cachorro-quente, amendoim torrado, sorvete... — dirá Okram.

— ...e eu quero algodão-doce, pipoca, doce de coco... — dirá Leafar.

— Até parece que vocês vão ao circo — rirá Aziul. — Isso não é comida de verdade, é comida de circo.

Ouvindo isso, pensarei comigo que essa menina foi mesmo muito bem treinada para ser mensageira. A toda hora estará captando sutis vibrações de energia e transmitindo ideias carregadas de significação.

Como essa de falar em circo justamente nesse instante.

No primeiro momento, não saberei exatamente o que fazer com essa transformação, mas imediatamente compreenderei que *circo* é importante. Importante para achar a saída, não só por causa da minha saudade.

Mas a saudade será forte, lembrança talvez de minhas tantas andanças de ator saltimbanco, fazendo números de mágica ou bancando o palhaço em tantos momentos de festa, em tantos lugares repletos de gente se divertindo, numa memória cheia de ternura de tempos bons, carregados de alegria e paz, tempo que, no fundo, eu gostaria tanto de reviver, reviver, reviver...

— É isso aí! — a voz de Aziul interromperá minha saudade.

Mas ela não estará falando comigo, e sim respondendo a alguma sugestão de Leafar ou Okram.

Não estará falando comigo? Que bobagem, a minha! É claro que, mais uma vez, essa pombinha estará trazendo uma mensagem para mim, enquanto eu estiver sonhando com a paz boa de reviver.

— É isso aí! — repetirei aos pulos, de alegria. — Achei a palavra! Eureka (como diria outro grande mestre)! Viva!

E enquanto eles me olhavam perplexos, excitadíssimo tentarei explicar:

— Não fiquei maluco, não. É que acabo de descobrir a chave. A palavra que devemos dizer pelo avesso para deixar Osseva para trás, prosseguindo o Projeto ZAP, a caminho da paz.

O canto da praça | 81

E antes que eles tenham tempo de sair para comer, ou de dizer qualquer coisa, disporei nós quatro de frente um para o outro, segundo os pontos cardeais — Leafar a leste, Okram a oeste, Aziul ao sul e eu ao norte. Depois, darei as instruções:

— Agora, todos juntamos as mãos no centro e falamos ao mesmo tempo. Repitam comigo a palavra mágica, igual a si mesma em qualquer sentido, direito e avesso. A palavra onde o fim vira começo e a morte vira vida: Reviver!

— Reviver! — diremos todos.

E toda a dimensão do avesso ficará para trás.

3 *Tempo de agora*

Respeitável público! Senhoras e senhores! Senhoritas e senhoritos! Bem-vindos ao Festival Internacional do Circo, apresentando as maiores e mais completas atrações do mundo dos espetáculos! Aproveitem! Últimos lugares! Venham ver a finalíssima! Daqui a duas horas começa o grande e emocionante desempate! Quem vencerá? O campeão do mundo ocidental? O grande imperador do Oriente? Venham ver! Todos! Não percam!

Viram só? Eu tanto queria começar uma história — ou parte de uma história — me dirigindo à plateia que acabei conseguindo.

Claro, também podia começar da maneira tradicional das histórias.

Nesta parte, como é no presente, acho que talvez eu devesse dizer *É uma vez...*, o que já não é tão tradicional.

Mas como o circo tem um papel muito importante nos fatos que agora acontecem, aproveito para dar uma forcinha a este superdesempate de um supercampeonato de circo.

Só que, quando a gente começa a contar uma coisa assim, meio pela metade, tem que interromper e dar umas explicadinhas, que é para que algum distraído que esteja acompanhando a história não corra o risco de se perder.

Então, primeiro é bom dizer o tempo em que as coisas se passam agora.

Já disse que é o presente. Mas é um presente meio esticado, não sei bem o ano exato, mas é algum ponto entre o tempo em que as mães e as avós eram crianças e o tempo em que os bisnetos vão nascer, entre a época em que as primeiras bombas atômicas começavam a plantar o veneno de seus cogumelos mortais pela face da Terra e o tempo em que o Festival Internacional do Circo vai ser a última competição em festa que restará, depois que o grande reino do Ocidente e o grande império do Oriente já tiverem feito muita pirraça nos Grandes Jogos Esportivos e resolvido que, se um tiver que ir jogar no território do outro, então não brincam mais. Uma época em que cada vez haverá mais malucos sem juízo mandando em cada uma das grandes potências, e cada governo estará fabricando mais bombas, mais mísseis, mais raios da morte, sempre com a velha conversa de que é preciso ter armas terríveis para garantir a paz, sempre brincando de começar pequenas guerrinhas nos países dos outros, que não têm nada a ver com isso, só para que os grandes reinos e impérios possam testar seus exércitos e mostrar sua força.

Pois vai ser nessa época que deixamos a dimensão do Avesso e voltamos ao Real.

Este é o tempo de reviver, impedir a Guerra, garantir a Paz.

O canto da praça | 85

Explicado o tempo, falta explicar o lugar. Estamos de volta ao canto da praça. Só que agora não é mais a pracinha de uma aldeia, com chafariz em frente à igreja. É uma grande cidade moderna, cheia de gente, de automóveis, de movimento.

Num dos lados da praça, um imenso circo está armado. Um circo daqueles bem tradicionais, de cobertura de lona em grandes listras, todo embandeirado.

O espetáculo só vai começar daqui a algumas horas, mas já há muita gente em volta, vindo comprar ingressos, tentando ver lá no fundo os animais ou os *trailers* dos artistas, ou simplesmente passeando pela praça antes do início da função desta tarde.

Muita gente mesmo.

De qualquer modo, só a praça em si já é cheia de coisas para qualquer um se distrair. Do lugar onde estou, vestido de palhaço, chamando para o espetáculo de logo mais, vejo perfeitamente meus três amigos andando de um lado para o outro no meio da multidão: Aziul, Leafar e Okram, já agora saídos do avesso e chamados de Luísa, Rafael e Marco. Compram balões de gás, tomam sorvete.

Param diante de um camelô que anuncia:

— Sensacional novidade! A última maravilha da técnica moderna! Máquina de tirar caroço de uva sem amassar a fruta! Acabada de chegar diretamente de Manaus! Não requer prática nem habilidade! Basta uma simples pressão do polegar e o caroço desaparece. Vejam só!

Ficam por ali um pouco, olham as crianças brincando de pique, acabam dando os balões para um pequenino que corria atrás dos pombos e vão brincar também. Quando cansam, lá do outro lado da praça, param para apreciar um cachorro mijando num poste.

Depois, vão aos poucos chegando perto de um pregador religioso que, ao acabar de cantar uns hinos, começa seu sermão.

De onde estou, não ouço bem o que ele diz, mas alguns pedaços de frases são bem nítidos.

— Vigiai e orai porque a hora está próxima!... por causa da maldade dos homens... virão os quatro cavaleiros — a Guerra, a Fome, a Peste e a Morte — e haverá chamas e choro, e fogo e sangue... e os sete anjos tocarão suas trombetas...

Não dá para ouvir melhor, mas dá para perceber que, lá na linguagem toda esquisita dele, misturando fim de mundo com anjos e cavaleiros, o pregador também anda muito preocupado com esse clima de guerra que ameaça todos nós. Também, quem parar na banca de jornais ali da esquina vai ver que as notícias dão mesmo motivo para que a gente fique meio pensativo.

A linguagem dos jornais é outra, diferente das palavras do pregador. Ou das minhas. Mas no fundo, é sempre a mesma história.

Tem sempre um lado que diz *É meu!* E outro que responde *Não, é meu!* e já sai distribuindo pancada.

Sempre aquela conversa de que é preciso ter uma arma terrível — agora a bomba atômica, o armamento nuclear todo — para garantir a paz.

Sempre cada um achando que as pessoas só podem ser ou uma coisa ou outra, arlequins ou pierrôs, ocidentais ou orientais, preto e branco ou coloridos.

Agora é uma conversa cheia de palavras solenes e abstratas: Justiça, Liberdade. Um lado diz que é dono de toda a liberdade do mundo, que fora do seu reino só há escravidão. Outro lado acha que o seu território é o único justo, fora do seu império só há exploração.

O canto da praça | 87

E nenhum percebe o que os grandes navegadores já sabiam, que a Terra é redonda, que aqui já é ali, que é possível chegar ao Oriente viajando para o Ocidente. Que alfa é ômega. Parece que ninguém vê que entre o dia e a noite há o crepúsculo e a aurora, que alguém pode querer ser justo e livre ao mesmo tempo, pierrô e arlequim, preto e branco e colorido, mestiço como Rafael e Marco, muitíssimo mestiço como Luísa.

Por falar nos três, lá estão diante da banca, olhando jornais e revistas. Mas agora que o homem das pernas de pau já acabou a sua parte, é minha vez de falar de novo e não posso mais ficar prestando atenção na praça:

— Respeitável público! Venham ver a Finalíssima! Os Ases do Trapézio Voador, que desafiam a morte sem rede! E os sensacionais domadores de feras! Um *show* inesquecível, o maior espetáculo da Terra, diretamente do Madison Square Garden, após uma longa temporada de sucesso! Não percam, senhoras e senhores! Vejam o confronto tão aguardado com o mais celebrado circo do mundo, o superpremiado Circo de Moscou! Ursos dançarinos! Fantásticos acrobatas em salto mortal triplo! E os maravilhosos palhaços do Universo! Venham todos! Daqui a pouco!

Quando acabo de fazer minha parte, dou uma descida do tablado improvisado e vou falar com os amigos:

— Como é? Estão se divertindo?

— Muito. Mas agora precisamos comprar nossos ingressos para o circo, antes que não tenha mais lugar para ninguém.

Explico que não precisam se preocupar, não faltava mais nada...

— Nada disso! Vocês são meus convidados, entram comigo pela porta dos artistas. E vão assistir a tudo bem de perto, num cantinho junto à entrada do picadeiro.

De repente, Luísa me faz uma pergunta:

— Simão, o que quer dizer *baes*?

— *Baes?* — repito sem entender.

Na mesma hora, os outros reforçam:

— É... eu também ia perguntar...

— Onde é que vocês viram isso? — eu quero saber.

— Nos jornais — responde Rafael.

— É — diz Marco. — Tinha uma notícia que eu não consegui entender, sobre um esporte esquisitíssimo, uma tal de corrida nuclear. E falava nos armamentos do BAZ.

— Ah... — entendi. — É BAZ, B.A.Z., Batalhão Antizigzag, não é *baes*. É o exército especial que o império preto e branco está treinando para impedir qualquer desvio.

— Impedir desvio?

— Isso mesmo. É como eles chamam quem é diferente deles. Dizem que quem pensa diferente está se desviando da linha que devia seguir. E dizem que, para defender a Justiça contra essas pessoas e esses povos, há uma série de serviços especiais. O mais importante é o B.A.Z.

— Engraçado... — comenta Rafael. — Mas eu podia apostar que na notícia que eu li não era nada disso. Fiquei achando que era no Reino dos Coloridos.

— Ah, então era outra coisa — explico. — A B.A.I.S...

— Que quer dizer isso?

Rafael insiste, não vai sossegar enquanto não entender bem. Continuo a explicar:

— É a B.A.I.S., Brigada Arlequinal Internacional de Socorro, um serviço especial que os coloridos criaram, também superequipado com armamentos incríveis, para combater o que é diferente deles.

— Socorrer combatendo? — estranha Luísa.

Também estranho. Mas esclareço.

— Eles dizem que é para ajudar a garantir a liberdade de ser como eles. E quando um povo está ficando diferente, mandam essa brigada armada. Mesmo sem ninguém ter pedido socorro.

A esta altura, vejo que o movimento na praça é cada vez maior, porque a hora do espetáculo se aproxima.

E como começam também a aparecer umas nuvens cinzentas e carregadas, indicando a tempestade possível, chamamos as crianças.

— Vamos entrar logo.

Entramos.

Ah, o circo...

Talvez em lugar nenhum eu me sinta tão em casa como num picadeiro, num palco mambembe, numa arena de terra batida ou num piso coberto de serragem, com o cheiro dos animais em volta, o som da banda ensaiando, a visão dos artistas treinando, buscando ultrapassar os limites da perfeição em seus números.

Vou até um camarim, retoco a pintura do rosto, tiro o macacão folgado em tecido estampado que estava usando lá fora, troco pelo figurino com que vou entrar em cena. Agora, com calças bem largas listradas, suspensórios de elástico, gravatona borboleta, chapéu-coco com uma flor espetada na ponta de um arame, sapatões enormes que vão fazendo chape-chape-chape quando eu ando...

Fico alguns instantes em silêncio, concentrado, quase rezando, para conseguir dar tudo de mim quando entrar no picadeiro. O público merece. Quando a gente fala em *respeitável público* é porque acha mesmo.

Na verdade, não é só o público. Todo mundo merece respeito, todo bicho, toda planta também. Toda vida. Por isso é que qualquer guerra é uma merda.

De repente, ouço os acordes do dobrado que a banda toca para começar a função de hoje.

Até levo um susto: já? Fiquei meditando e me preparando e nem vi o tempo passar. Também, as crianças não me chamaram. Quando saio do camarim, vejo os três sentados à minha espera.

— Quase que eu me atraso... — digo. — Vocês podiam ter me chamado.

— Ainda tinha tempo — diz Luísa. — E você precisava descansar um pouco, a gente tem que respeitar isso.

Mensageirinha danada, essa menina. Sempre captando as ideias pelo ar.

Apresso-me com eles.

Escolho um lugar fora da passagem, bem perto da entrada do picadeiro, entre duas cortinas de lona. Dali se pode ver tudo sem atrapalhar ninguém.

Enquanto não chega a minha vez, fico junto com os amigos. Puxa, que beleza!

Casa cheia, apesar da chuvarada que ameaça. Todo mundo se divertindo numa reunião de festa, como devia acontecer toda vez que muitas pessoas se encontram.

O canto da praça | **91**

Vemos um número de um casal de equilibristas. São maravilhosos... Ele põe o pé de uma cadeira na testa, um taco de golfe de pé nas costas da cadeira, a mulher apoiada com uma mão em cima do taco de golfe, de cabeça para baixo, durinha, esticada, um bambu no pé dela, um prato rodando lá em cima... A gente fica até sem respiração, nem sei como é que tudo não despenca.

Depois vêm os cachorros que jogam futebol, com camiseta de time, calção e tudo. Vão empurrando a bola para dentro das redes, pelo meio das traves pequenas, de um lado e de outro.

Mas estão meio distraídos hoje, apressados, sei lá... Deve ser porque estão sentindo a tempestade no ar.

Os elefantes também estão muito indóceis, nem conseguem dançar direito, levantando a patona com calma.

Já se pode prever que as feras vão dar trabalho ao domador, todos os bichos ficam muito inquietos quando tem trovoada.

Agora é a vez do mágico, uma das coisas de que eu mais gosto em circo, cheio de truques incríveis, tirando coelho da cartola, serrando ao meio a mulher que depois volta inteirinha, fazendo uma porção de coisas aparecer e desaparecer.

Depois dele, vai ser a vez de os palhaços fazerem sua primeira rodada pelo picadeiro.

A fim de me preparar, já me aproximo da entrada.

Nesse momento, ouve-se um barulho terrível lá fora:

— Bum!

Ou então:

— Brum!

Difícil dizer ao certo. Mas foi altíssimo. Eu acho que é só trovoada.

Ainda ouço Marco comentar:

— Puxa! Mas que tempestade!

Mas muita gente fica assustada na plateia. Todo mundo anda tão apavorado que qualquer coisa pode virar uma ameaça de pânico.

Alguém diz:

— É a bomba!

Da entrada do picadeiro, vou vendo o grito se alastrar aos poucos, como se fosse um rastilho de pólvora sonora:

— A bomba! A bomba! A bomba! A BOMBA!

As pessoas vão começando a se levantar. Algumas querem sair apressadamente. Outras gritam. Se houver uma corrida da multidão em pânico, pode ser um desastre.

Não quero interromper o número de ilusionismo, mas dou um jeito de entrar em cena como se fosse um aparecimento mágico.

— Respeitável público! Muita calma, atenção! Não houve nada, foi apenas um trovão mais forte. Por favor, vamos continuar assistindo ao espetáculo. Todos tranquilos em seus lugares...

Acalmam um pouco.

Mas alguns gritos isolados ainda se ouvem:

— A bomba!

Continuo:

— Não há bomba nenhuma. Quem ia querer jogar uma bomba em pessoas inocentes que só estão querendo se divertir?

A resposta vai imediatamente, num coro perfeito, quase cantando, como se tivesse sido ensaiado:

— BAIS! BAIS! BAIS!

Ou seria escrito de outra maneira? De qualquer modo, o som é claro e o coro continua:

O canto da praça | **93**

— BAZ! BAZ! BAZ!

E de vez em quando, nas pausas, os gritos:

— A bomba! A bomba!

Assim não é possível, por Merlim!

Acabo perdendo a paciência.

Então as pessoas estão assim? Reduzidas a bandos de insetos apavorados que não conseguem fazer nada para deter um perigo e ficam só se atropelando? Como se todos os caminhos para fazer qualquer coisa estivessem bloqueados, entupidos — congestionados por obstáculos paralisadores. Como se houvesse uma espécie de catarreira mental coletiva.

Tem que haver um jeito, um remédio para isso. Mas qual?

Penso em todo o arsenal de remédios que vários mestres têm usado através dos séculos.

Será que algum serve?

Preciso de um bom descongestionante, de um desentupidor eficiente. Passo em revista todo tipo de medicação da minha farmácia mental — poções e pomadas, linimentos e unguentos, xaropes e comprimidos, drágeas e elixires, cápsulas e tisanas. Quem sabe, a Maravilha Curativa? Ou talvez, melhor para o caso, emergência de guerra e morte, as pílulas de vida do Dr. Ross... Penso nos remédios caseiros. Mel, limão e alho, é tiro e queda no catarro. Desentope. Pronto. É isso!

Tiro do bolso um concentrado dessas substâncias, queimo a mistura no meio do picadeiro.

E anuncio, enquanto todos respiram bastante a fumaça:

— Respeitável público! Teremos agora o mais sensacional número de mágica que os senhores já viram ou hão de ver! Mas preciso da cooperação da plateia.

Vão ficando mais silenciosos.

A natureza também ajuda. Depois do trovão e de uma forte pancada de chuva, o barulho dos pingos agora vai diminuindo cada vez mais.

A plateia se acalma.

Prossigo, meio num voo cego, como se Merlim e o Velho Mestre ao mesmo tempo me soprassem ao ouvido o que devo dizer e fazer.

Com o canto dos olhos, vejo meus três amigos entrando no picadeiro. Imagino que eles devem estar assustados e resolvo chamá-los para perto:

— Meus três pequenos ajudantes vão me auxiliar neste número.

Quando se aproximam, vejo que estão vestidos para o espetáculo.

Marco é Arlequim, Rafael é Pierrô, Luísa, naturalmente, é Paloma-Colombina.

Continuo meu discurso, bem de palhaço, meio solene, meio de farra:

— Vamos apresentar agora o fantástico número de zás-trás, ou de trás-zás, em que tudo fica em paz. Cada um que se prepare. Quando eu disser a palavra mágica, um enorme lenço de seda cairá sobre todos nós. Cada um trate de segurar um pedaço e assoar o nariz com ele. Bem forte. O desentupimento nasal vai causar a desobstrução cerebral. E tudo vai se transformar.

Ouvem-se algumas risadas.

É claro que ninguém acredita, mas todos esperam a palhaçada.

Aí digo:

— Um, dois, três. A palavra mágica é *Reviver*!

Quando digo isso, a lona do circo fica leve e transparente, como um gigantesco lenço de seda.

Suavemente, vem caindo sobre todos nós.

Então, acreditam.

O canto da praça | 95

Começam todos a se assoar, cada um no seu estilo: discretos, barulhentos, buzinadores, secos, molhados, constrangidos, hesitantes, disfarçados, escandalosos, num desentupimento total.

Agora, a segunda parte da mágica: eliminar toda aquela secreção nojenta que andava obstruindo os cérebros do respeitável público e dando uma certa paralisia mental.

Digo novamente a palavra mágica, o lenço se encolhe, se limpa, e aos poucos vai virando novamente um circo de lona.

Só que agora é um circo em miniatura, bem pequeno, parado no meio do picadeiro.

— E agora, senhoras e senhores, passamos ao momento mais sensacional do espetáculo de hoje! Novamente vou necessitar da colaboração da distinta plateia. Mas antes, meus jovens ajudantes vão cumprimentar o público. Depois, cada um por sua

vez, vão entrar no minicirco e desaparecer de nossas vistas. Palmas para Arlequim e Pierrô!

Marco e Rafael cumprimentam a plateia, aplaudidíssimos, e entram na pequena tenda listrada.

— Com vocês, Paloma-Colombina!

Luísa sorri para o público e, antes de entrar no circo, sempre mensageirinha adivinhona, me dá um abraço, um beijo, e diz no ouvido:

— Que bom! Vai dar certo! Até logo! Quer dizer, até sempre!

Assim que entra, põe de novo o rosto de fora, para uma última despedida. Desta vez, acompanhada pelos dois amigos.

— Até sempre! — dizem os três.

Dá para ver que todos três têm uma lágrima escorrendo pela face. Mas têm também um maravilhoso sorriso de alegria. Missão cumprida.

Volto a me dirigir à plateia:

— Atenção, senhoras e senhores! Agora, mais uma vez, conto com a sua cooperação. No momento em que eu disser a nova palavra mágica, vocês gritam bem forte, o mais alto que puderem, para botar para fora e mandar para bem longe tudo aquilo de que têm medo:

E digo:

— ZAP! De que é que vocês têm medo?

O público grita (ou pensa que grita isso):

— Da bomba! Da BAIS! Do BAZ! Da bomba da BAIS!

E outras variantes, que isso de medo é coisa muito de cada um.

Mas o que eles gritam mesmo, agora que os narizes estão desentupidos, é:

— Da pompa! Da Pais! Da Paz! Da pompa da Paz!

De tanto gritar e repetir, vão descobrindo o que têm que descobrir sozinhos, mas que a gente só descobre quando começa mesmo a fazer alguma coisa em vez de ficar só assustado tremendo pelos cantos.

Descobrem que estão gritando bobagem, que a Paz não tem pompa, a guerra e os guerreiros é que são todos sebentos e adoram coisas pomposas. Logo, quando se tratar da paz, não é *pompa*, é *pomba* — deve haver mesmo algum entupimentozinho que é bom deixar, pelo meio, que isso de nunca encontrar obstáculo nenhum acaba tirando o sentido das coisas.

E se, então, o que se grita é *pomba da paz*, a plateia logo descobre que não é coisa de se ter medo, mas de se querer muito.

E como sempre acontece nas torcidas dos estádios ou nos comícios nas praças, os gritos da multidão vão achando seu caminho e virando canção.

E, de repente, estão todos cantando, num canto novo, o canto da praça, as verdadeiras palavras mágicas da transformação:

— Viva a Pomba da Paz! Guerras nunca mais!

Nesse momento, Paloma-Colombiana, transformada em assustada pombinha branca, sai voando de dentro do minicirco.

Voa como num bailado, ao som do canto da multidão na praça, que acaba de lhe dar vida nova.

Antes de ganhar a amplidão do ar livre por cima da plateia a esta altura exposta ao tempo — ainda bem que passou a chuva! —, dá várias revoadas por cima das pessoas, abençoando o canto da praça, benzendo tudo e todos, como deve ter feito há muitos e muitos séculos a primeira pomba da paz, a que trouxe para Noé um ramo de oliveira enquanto Deus resolvia abençoar os homens com o primeiro arco-íris da História.

E por falar em arco-íris, lá está ele, também presente, nascendo diretamente de dentro do minicirco, Arlequim para sempre brincando de aparecer e desaparecer no céu, entre chuva e sol, com sua roupa toda de farrapos coloridos.

Maravilhada, a plateia se levanta e bate palmas.

De repente, noto que estão gritando alguma coisa, um refrão novo.

Presto atenção:

— Pierrô! Pierrô!

É mesmo... Que terá acontecido com ele? Como não aparece após se transformar, tenho que agir.

Com um gesto rápido e seguro, faço desaparecer o toldo do minicirco, libertando um balão de gás branco, meio disforme, que estava preso na lona no teto e começa a subir.

Balão de gás? Que ideia! Parece até que estou ficando míope... É a lua, claro! Já procurando seu lugar no céu do entardecer, Pierrô tímido vai buscando uns farrapos de nuvem que o escondam até que todos durmam e ele possa vir desapercebido acariciar Colombina adormecida nas torres das igrejas e palácios em todos os cantos de todas as praças do mundo.

No momento, ela voa de lá para cá, entre a lua e o arco-íris, entre a noite e o dia, etérea indecisa costurando os contrários para sempre.

Comentando as maravilhas do dia no circo, o público aos poucos volta para casa e a praça se esvazia.

Fica meu vulto solitário.

Penso no poder de mudança que pode ter o canto da praça quando a multidão solta a voz.

E presto contas a vocês do que aconteceu, falando, inventando, usando a única arma que eu tenho contra a guerra e contra os outros cavaleiros anunciados pelas trombetas dos anjos e pelas manchetes dos jornais. Arma limitada, reconheço, mas cheia de artimanhas. A única que pode ser companheira de Paloma--Colombina, Pombinha da Paz, porque é a única que serve para chamar gente, reunir contrários, somar forças, vencer limites.

Só sei mesmo isso.

Brinco com a ilusão, faço mágicas e palhaçadas, sou jogral do avesso e do real, equilibrista da fantasia, titereteiro de personagens, malabarista de palavras, criador de casos e de histórias. Faço o que penso. Cada um que venha para a praça e faça o mesmo, apresente o seu número. O espetáculo da vida tem que continuar.

anamariamachado

com todas as letras

Nas páginas seguintes, conheça a vida e a obra
de Ana Maria Machado, uma das maiores
escritoras da literatura infantojuvenil brasileira.

Biografia

Árvore de histórias

"Escrevo porque é da minha natureza, é isso que sei fazer direito. Se fosse árvore, dava oxigênio, fruto, sombra. Mas só consigo mesmo é dar palavra, história, ideia." Quem diz é Ana Maria Machado.

Os cento e tantos livros dela mostram que deve ser isso mesmo. Não só pelo número impressionante, mas sobretudo pela repercussão. Depois de receber prêmios de perder a conta, em 2000 veio o maior de todos. Nesse ano, Ana Maria recebeu, pelo conjunto de sua obra, o prêmio Hans Christian Andersen.

Ana em Manguinhos, em 1998.

O canto da praça | 103

Para dar uma ideia do que isso significa, essa distinção internacional, instituída em 1956, é considerada uma espécie de Nobel da literatura para crianças. E apenas uma das 22 premiações anteriores contemplou um autor brasileiro. Aliás, autora: Lígia Bojunga Nunes, em 1982. Mas mesmo um reconhecimento como esse não basta para qualificar Ana Maria. Dizer que ela está entre os maiores nomes da literatura infantojuvenil mundial é verdade, mas não é tudo. Primeiro, porque é difícil enquadrar seus livros dentro de limites de idade. Prova disso é a sua entrada, em abril de 2003, para a Academia Brasileira de Letras — instituição da qual já havia recebido, em 2001, o prêmio Machado de Assis, o mesmo concedido a Guimarães Rosa, Cecília Meireles e outros gigantes da literatura brasileira.

Segundo, porque outra obra fascinante de Ana Maria é sua vida. Ela é daquelas pessoas que não param quietas, sempre experimentando, aprendendo, buscando mais. Não só na literatura. Antes de fixar-se como escritora, trabalhou num bocado de outras coisas. Foi artista plástica, professora, jornalista, tocou uma livraria, trabalhou em biblioteca, em rádio... Fez até dublagem de documentários!

Nos anos 1960 e 1970, foi voz ativa contra a ditadura, a ponto de ter sido presa e acabar optando pelo exílio na França. Esse país acabou sendo um dos lugares mais marcantes de suas andanças pelo mundo. Ana também viveu na Inglaterra, na Itália e nos Estados Unidos. Ainda hoje, embora tenha endereço oficial — mora no Rio de Janeiro —, vive pra cá e pra lá. Feiras, congressos, conferências, encontros, visitas a escolas... Ninguém mandou nascer com formiga no pé!

Fã de Narizinho

Ana Maria publicou seu primeiro livro infantil, *Bento que bento é o frade*, aos 36 anos de idade, mas já vivia cercada de histórias desde pequena. Nascida em 1941, no Rio de Janeiro, aprendeu a ler sozinha, antes dos cinco anos, e mergulhou em leituras como o *Almanaque Tico-Tico* e os livros de Monteiro Lobato — *Reinações de Narizinho* está entre suas maiores paixões.

Ana, aos 2 anos, com a boneca Isabel

Cresceu na cidade grande, mas passava longas férias com seus avós em Manguinhos, no litoral do Espírito Santo, ouvindo e contando um montão de "causos". Aos doze anos, teve seu texto "Arrastão" (sobre as redes de pesca artesanal, que conheceu em Manguinhos) publicado numa revista sobre folclore. Muito depois, no início dos anos 1970, outra revista — *Recreio* — deu o impulso que faltava para Ana virar escritora de vez: convidou-a para escrever histórias para crianças. Ana não entendeu muito bem por que procuraram logo ela, uma professora universitária sem nenhuma experiência no assunto. Mas topou. E nunca mais parou de escrever e de crescer como autora para crianças, jovens e adultos. Nessa trajetória de aprendizado e sucesso, sempre foi acompanhada de perto por uma grande amiga, também brilhante escritora. Quem? Ruth Rocha, que entrou em sua vida como cunhada.

Por falar em família, Ana tem três filhos. Do casamento com o irmão de Ruth, o médico Álvaro Machado, nasceram os dois primeiros, Rodrigo e Pedro. Luísa, a caçula, é filha do segundo marido de Ana, o músico Lourenço Baeta. E, desde 1996, começaram a chegar os netos: Henrique, Isadora...

Fortalecida por tanta gente querida e pelo amor pela literatura, Ana Maria nunca deixou de batalhar pela cultura, pela educação e pela liberdade. Seu maior instrumento é o trabalho como escritora. Afinal, como ela diz, "as palavras podem tudo".

Para saber mais sobre a autora, visite o *site* <www.anamariamachado.com>

Bastidores da criação

Ana Maria Machado

Um canto à vida

Lembro perfeitamente como escrevi este livro. Foi paralelo à minha terceira gravidez. Terminei pouco antes do nascimento da Luísa, deixei alguns meses de lado (como costumo fazer) e depois fiz uma revisão enquanto amamentava. Estava com dois sobrinhos que tinham nascido pouco tempo antes — Rafael e Marco. Por isso, os nomes do meu trio de personagens homenageiam as três vidas que começavam na família. A

Ana e a filha Luísa, em 1983.

própria história tem muito a ver com esse meu momento: é um canto à vida, uma celebração da paz diante de ameaças de guerra.

Outras homenagens foram menos conscientes, e só percebi na revisão. Por exemplo, dar o nome de Bertoldo a quem faz teatro foi uma alusão inconsciente ao dramaturgo alemão Bertold Brecht, que admiro. E o narrador retoma uma das figuras mais marcantes de minha infância, o velho Simão.

Quando eu era bem pequena, morava no bairro carioca de Santa Teresa, onde nasci. Um bairro pacato, encarapitado no alto de um morro. Não lembro, mas devo ter ouvido alguém falar num velho que carregava criança dentro de um saco, porque comecei a ter medo do Simão, um apanhador de papel que vivia num barraco na encosta bem embaixo da nossa varanda. Quando percebeu meu medo, meu pai me levou para visitá-lo — e eu fiquei tão amiga do Simão que passei a achar que ele era o Papai Noel disfarçado, com sua barba branca e seu cabelo comprido. Era uma grande figura. Contava umas histórias enroladíssimas, fazia cada pipa linda e tinha uma cabrinha que pastava amarrada numa corda. Nas noites de inverno, fazia uma fogueirinha na frente do barraco e esquentava sopa num tripé. Toda semana passava lá em casa para recolher os jornais lidos. Ficamos amigos e trocávamos presentes de Natal — lembro que ele uma vez me deu umas flores amarelas de miolo preto, que cresciam no mato da encosta. Muito mais tarde descobri que eram tumbérgias, sempre que as vejo lembro-me dele. Em *O canto da praça* eu o transformei num mago sábio, guia e artista.

Minha amiga Sylvia Orthof dizia que este livro era a minha cara, que ela sempre achou que nasci para ser Colombina. Fez até uma máscara de Colombina para mim. Mas não sei se é porque sou carnavalesca, porque me sinto meio pomba da paz, ou porque passo a vida indecisa entre pierrôs e arlequins...

Obras de Ana Maria Machado

Em destaque, os títulos publicados pela Ática

Para leitores iniciantes

Banho sem chuva
Boladas e amigos
Brincadeira de sombra
Cabe na mala
Com prazer e alegria
Dia de chuva
Eu era um dragão
Fome danada
Maré baixa, maré alta
Menino Poti
Mico Maneco
No barraco do carrapato
No imenso mar azul
O palhaço espalhafato
Pena de pato e de tico-tico
O rato roeu a roupa
Surpresa na sombra
Tatu Bobo
O tesouro da raposa
Troca-troca
Um dragão no piquenique
Uma arara e sete papagaios
Uma gota de mágica
A zabumba do quati

Primeiras histórias

Alguns medos e seus segredos
A arara e o guaraná
Avental que o vento leva
Balas, bombons, caramelos
Besouro e Prata
Beto, o Carneiro
Camilão, o comilão
Currupaco papaco
Dedo mindinho
Um dia desses...
O distraído sabido
Doroteia, a centopeia
O elefantinho malcriado
O elfo e a sereia

Era uma vez três
Esta casa é minha
A galinha que criava um ratinho
O gato do mato e o cachorro do morro
O gato Massamê e aquilo que ele vê
Gente, bicho, planta: o mundo me encanta
A grande aventura de Maria Fumaça
Jabuti sabido e macaco metido
A jararaca, a perereca e a tiririca
Jeca, o Tatu
A maravilhosa ponte do meu irmão
Maria Sapeba
Mas que festa!
Menina bonita do laço de fita
Meu reino por um cavalo
A minhoca da sorte
O Natal de Manuel
O pavão do abre e fecha
Quem me dera
Quem perde ganha
Quenco, o Pato
O segredo da oncinha
Severino faz chover
Um gato no telhado
Um pra lá, outro pra cá
Uma história de Páscoa
Uma noite sem igual
A velha misteriosa
A velhinha maluquete

Para leitores com alguma habilidade

Abrindo caminho
Beijos mágicos
Bento que Bento é o frade
Cadê meu travesseiro?
A cidade: arte para as crianças
De carta em carta
De fora da arca
Delícias e gostosuras
Gente bem diferente
História meio ao contrário

O menino Pedro e seu Boi Voador
Palavras, palavrinhas, palavrões
Palmas para João Cristiano
Passarinho me contou
Ponto a ponto
Ponto de vista
Portinholas
A princesa que escolhia
O príncipe que bocejava
Procura-se Lobo
Que lambança!
Um montão de unicórnios
Um Natal que não termina
Vamos brincar de escola?

Livros de capítulos

Amigo é comigo
Amigos secretos
Bem do seu tamanho
Bisa Bia, Bisa Bel
O canto da praça
De olho nas penas
Do outro lado tem segredos
Do outro mundo
Era uma vez um tirano
Isso ninguém me tira
Mensagem para você
O mistério da ilha
Mistérios do Mar Oceano
Raul da ferrugem azul
Tudo ao mesmo tempo agora
Uma vontade louca

Teatro e poesia

Fiz voar o meu chapéu
Hoje tem espetáculo
A peleja
Os três mosqueteiros
Um avião e uma viola

Livros informativos

ABC do Brasil
Os anjos pintores
Explorando a América Latina
Manos Malucos I
Manos Malucos II
O menino que virou escritor

Na praia e no luar, tartaruga quer o mar
Não se mata na mata: lembranças de
Rondon
Piadinhas infames
O que é?

Histórias e folclore

Ah, Cambaxirra, se eu pudesse...
O barbeiro e o coronel
Cachinhos de ouro
O cavaleiro do sonho: as aventuras e
desventuras de Dom Quixote de la Mancha
Clássicos de verdade: mitos e lendas
greco-romanos
O domador de monstros
Dona Baratinha
Festa no Céu
Histórias à brasileira 1: a Moura Torta e
outras.
Histórias à brasileira 2: Pedro Malasartes e
outras
Histórias à brasileira 3: o Pavão Misterioso
e outras
João Bobo
Odisseu e a vingança do deus do mar
O pescador e Mãe d'Água
Pimenta no cocuruto
Tapete Mágico
Os três porquinhos
Uma boa cantoria
O veado e a onça

Para adultos

Recado do nome
Alice e Ulisses
Tropical sol da liberdade
Canteiros de Saturno
Aos quatro ventos
O mar nunca transborda
Esta força estranha
A audácia dessa mulher
Contracorrente
Para sempre
Palavra de honra
Sinais do mar
Como e por que ler os clássicos universais
desde cedo

Da autora, leia também

Coleção

Amigos secretos
Do outro mundo
Isso ninguém me tira
Mensagem para você
O mistério da ilha
Tudo ao mesmo tempo agora
Uma vontade louca